REX DEXTER
et les drôles de fantômes

Pour Jodi,
qui a cru à l'extravagante histoire de Rex dès le début.

Illustration de couverture : 2020, Hugo Cuellar
Design : Jamie Alloy

Ouvrage publié originellement par Disney Hyperion,
une marque de Disney Book Group, sous le titre :
The incredibly dead pets of Rex Dexter.

18, rue Barbès, 92128 Montrouge

ISBN : 979-1-0363-2302-7
Dépôt légal : octobre 2021

Loi n° 49-956 du 16 juillet 1949 sur les publications destinées à la jeunesse.

Aaron Reynolds

REX DEXTER
et les drôles de fantômes
La malédiction du poulet

Traduit de l'anglais (États-Unis)
par Françoise Nagel

bayard jeunesse

Prologue

Permettez-moi d'être tout à fait franc. Vous n'allez sans doute pas croire un mot de cette histoire.

Même mon meilleur ami, Darvish, ne m'a pas pris au sérieux au début. Et il est du genre à gober à peu près n'importe quoi.

Quand on s'est rencontrés pour la première fois en CE2, je lui ai raconté que j'étais en réalité un espion au service de la Crotsylvanie. Il a marché pendant trois semaines entières.

Vous avez bien lu. Il a cru à l'existence d'un pays appelé « Crotsylvanie » durant presque un mois.

Il n'empêche que même lui a eu du mal à avaler les évènements récents qui se sont produits dans ma vie.

C'est pourquoi je n'ai encore raconté à aucun être vivant ce qui m'arrive.

Excepté à Darvish. Et, aujourd'hui, à vous.

Je respire un grand coup. C'est parti !

J'ai le pouvoir de parler avec les animaux morts.

Voilà. Je l'ai dit. Vous êtes contents, maintenant ?

Je parle ici d'animaux qui ont rendu leur dernier souffle.

Qui ont perdu la vie.

Qui ne sont plus de ce monde.

Sauf qu'apparemment ils se trouvent encore parmi nous. Et je peux vous dire qu'ils ont la langue bien pendue !

Je ne sais pas comment ils font pour me repérer. J'ignore qui fait circuler mon adresse dans l'au-delà animal. Mais, d'une façon ou d'une autre, ils y parviennent. Ils me trouvent. Ils me parlent. Ils me harcèlent pour que je fasse des trucs pour eux. Je suis devenu le garçon de courses du royaume des ombres.

Un conseil : si un jour vous vous retrouvez à devoir relever le défi de la Grande Faucheuse – ou d'une reproduction mécanique de la Grande Faucheuse – arrangez-vous pour gagner.

J'en ai peut-être déjà trop dit. Je devrais sans doute revenir en arrière et commencer par le début.

Bonne idée. Oubliez ce que vous venez de lire.

1

Au départ de mon histoire, il y a un rêve. Nous avons tous un rêve, non? Comme un feu brûlant au creux du ventre qui nous pousse à accomplir de grandes choses.

George Washington aspirait à être le premier président à avoir des dents en bois.

Albert Einstein souhaitait avoir des cheveux plus duveteux que tous les autres scientifiques de l'histoire.

Voici donc la première chose que vous devez savoir à mon sujet: plus que tout au monde, j'ai toujours rêvé d'avoir un chien. Un animal de compagnie, rien qu'à moi.

Je devine ce que vous pensez. *Pourquoi un chien ? Pourquoi pas un chat ? Ou une gerbille ?*

Selon moi, le chien est le seul animal de compagnie digne de ce nom.

Un chat ? Non.

Un furet ? Sympa, mais non.

Une gerbille ? Pitié !

De tous les animaux domestiques, le chien est ce qui se fait de mieux. Aucun autre ne lui arrive à la cheville. Et le top du top ? Mon souhait le plus ardent ? Mon désir le plus cher ? Un labrador chocolat. Ça, c'est un véritable animal de compagnie !

Comprenez-moi bien : je reste ouvert à d'autres possibilités.

Je ne refuserais pas un labrador jaune.

Un labrador noir m'irait aussi.

Même un golden retriever ferait l'affaire. Pas parfait, mais certainement acceptable.

Comme vous pouvez le constater, je ne suis pas difficile.

Je suis pratiquement né pour avoir un chien. Après tout, je m'appelle Rex. Rex Dexter. Si ce n'est pas un nom de chien, ça ! Pourquoi pas m'appeler Fido, pendant qu'on y est ? Ou Bandit. Ou Spot.

Avec un nom comme le mien, il est évident que je devrais posséder un chien. Sauf que non.

Vous voyez ce jardin désert derrière chez moi ? Il est privé de présence canine.

Vous voyez le pied de mon lit ? Il souffre de l'absence d'un canidé domestique.

Le sol de cette cuisine ? Il y manque une gamelle.

C'est une bien triste situation.

Et la cruauté de mon malheur est encore aggravée par une froide et impitoyable réalité : tous les gens que je connais ont un animal de compagnie.

Tous.

Prenez Sami Fortépice. Sami est l'élève la plus intelligente de ma classe. Elle a les cheveux ondulés et elle sent la soupe. Elle possède un setter anglais nommé Salsepareille. La preuve qu'elle est brillante : il n'y a qu'à voir l'animal qu'elle s'est choisi.

Mais cela ne veut pas dire que je l'aime bien. Pas du tout.

Edwin Willoughby, qui s'assoit toujours trois rangées derrière moi en classe, a un pitbull baptisé Alfred. Je respecte ses choix de vie.

Même Holly Creskin a deux chats – Tiger et Sardine. Bien sûr, les félins ne comptent pas vraiment, mais cet exemple ne fait qu'illustrer ma démonstration. *Deux* chats ! Et je ne suis même pas sûr qu'elle aime les bêtes. Chaque fois que j'évoque le sujet devant elle, elle fronce le nez.

Quant à mon meilleur ami, il a quatre chiens, croyez-le ou non. *Quatre*. Ce qui est tout de même un peu extrême. Voici la liste des animaux qui vivent chez Darvish :

1. Un carlin nommé Filou.
2. Un dalmatien baptisé Tikka.
3. Un schnauzer appelé Hong Kong Fou Fou.
4. Un boxer surnommé Monsieur Grande-Gueule.

5. Un raton laveur rondouillard (sans nom), qui a élu domicile dans leur jardin, vu que la mère de Darvish laisse de la nourriture pour chien sur le perron derrière leur maison.

Darvish soutient qu'il ne faut pas inclure le raton laveur dans la liste. Admettons. Mais même dans ce cas je pense qu'on sera tous d'accord sur un point : Darvish est un collectionneur compulsif.

Une fois, il m'a laissé faire semblant que Filou était *mon* chien et m'a permis de l'emmener faire un tour. Car Darvish est un ami attentionné, malgré sa tendance à accaparer les compagnons à quatre pattes.

Au bout de cinq minutes, Filou a vomi sur l'une de mes chaussures.

J'ai tout de suite compris qu'il n'avait pas le cœur à se promener avec moi.

2

Ce qui, pour moi, s'est le plus rapproché du chien de mes rêves, ç'a été Bub. Mais Bub était encore loin du chien de mes rêves. Surtout parce que c'était un poisson rouge.

Un poisson ne peut pas être considéré comme un véritable animal de compagnie. Mais je suppose que c'est mieux que rien.

J'ai eu Bub pendant exactement vingt-sept minutes. Il aurait dû s'appeler Bubulle. Malheureusement, il a été victime d'une mésaventure très fâcheuse juste avant de recevoir son nom officiel.

Techniquement, ce n'était pas ma faute.

J'ai suivi les instructions que m'avait données un professionnel qualifié. Le vendeur de Planètanimo m'avait recommandé de mettre mon poisson dans l'eau aussitôt que possible.

Où étais-je censé trouver de l'eau ?

Aurions-nous une piscine dans le jardin, par hasard ? Bien sûr que non. Mes parents sont trop radins.

Y aurait-il un grand aquarium chez moi qui se trouverait, par chance, inoccupé ? Ne soyez pas ridicules.

Habiterions-nous une maison en front de mer ? J'aimerais bien.

Il n'y a qu'un endroit chez nous qui contienne de l'eau. C'est donc là que j'ai transvasé mon poisson rouge. Il ne devait y rester qu'une seconde ou deux.

Mais, alors que je remplissais consciencieusement le petit bocal de Bub au robinet de l'évier, tout en me disant : « Je crois que je vais l'appeler Bub... », j'ai soudain entendu la chasse d'eau.

Qu'est-ce que j'y peux si mon père ne prend pas la peine de vérifier s'il n'y a pas de poisson rouge dans les toilettes ?

Après ça, mes parents ont jugé que j'étais « un peu trop immature » pour prendre soin d'un animal de compagnie. Ce que je trouve absurde, vu que je suis probablement l'une des personnes les plus responsables, les plus réfléchies et les plus raisonnables que j'aie jamais rencontrées.

– Et si c'était un chien que tu avais jeté dans les toilettes, tu imagines ? a protesté mon père.

Ce qui est complètement idiot.

D'abord, je n'ai pas jeté Bub dans les toilettes. N'importe quel jury serait prêt à le reconnaître.

Ensuite, il est pratiquement impossible de jeter un chien dans les toilettes.

À moins qu'il ne s'agisse d'un corgi.

Ou d'un chihuahua.

Je suis à peu près certain que ces deux-là sont considérés dans le milieu comme des races « jetables ».

3

Mme Yardley fait l'appel.

Sa voix possède à peu près la même puissance sonore qu'une batterie de voiture à plat qu'on essaierait de faire démarrer. Je compatis à son malheur. À notre malheur à tous, en fait.

Heureusement, je ne l'entends pas, car Darvish est en train de me parler.

– Je sens comme une odeur de soupe de palourdes, observe-t-il. Pas toi ?

– Bien sûr, je réponds. Ça vient de notre voisine du nord, celle qui se parfume au potage.

– Du nord ? Du Canada ?

– Mais non ! Seulement, comme je ne veux pas être grossier, je vais utiliser un langage codé. Son nom rime avec Patti Fadépice.

– Ben, en tout cas, ça sent bon. Ça me fait penser à de la tomate.

Je ne m'abaisse pas à répondre à une telle remarque. Tout le monde sait qu'une authentique soupe de palourdes ne contient pas de tomate.

De plus, il est parfaitement ridicule d'affirmer que Sami sent bon. Certains diront peut-être qu'il émane d'elle un parfum délicieux. D'autres, que ses cheveux ont la couleur sublime des feuilles d'automne caressées par les lueurs de l'aube. Mais pas moi.

– Alors, tu vas faire une fête pour ton anniv ? demande Darvish.

En tant que mon meilleur ami, Darvish sait que le jour de mon anniversaire approche à grands pas. Or, il se pourrait bien que cette année soit enfin la bonne : l'année du chien. Après tout, deux ans se sont écoulés depuis le fiasco de l'affaire Bub. J'espère que la tache de cet incident malheureux a depuis été effacée par l'éponge du temps.

– Darvish, les fêtes d'anniversaire sont bonnes pour les enfants, je rétorque. Est-ce que j'ai l'air d'un enfant ?

– Oui. On est tous les deux des enfants.

– Non, pas moi. Et toi non plus.

– Bon, d'accord.

– Mais je t'invite à venir chez moi une fois que j'aurai reçu mes cadeaux, comme ça, je pourrai t'en mettre plein la vue.

La voix inimitable de Mme Yardley atteint notre rangée.

– Darvish ? appelle-t-elle.

Il s'est passé presque deux mois depuis la rentrée, et cette pauvre femme s'obstine encore à faire l'appel chaque jour. Je crains que quelque chose ne tourne pas rond dans ses fonctions mémorielles. Pour son propre bien, je devrais peut-être le signaler au conseil d'école lorsqu'il tiendra sa prochaine réunion.

– Présent ! claironne Darvish.

– Rex ?

Je reste muet. C'est un petit jeu entre Mme Yardley et moi.

– Rex, s'il te plaît, réponds « présent » à ton nom, insiste-t-elle.

– Madame Yardley, je déclare avec tout le respect dû à sa position, je vous prie de m'appeler Rex Dexter le Sans-Chien.

Nous en avons déjà discuté, et elle le sait pertinemment.

– Il n'en est pas question, riposte-t-elle.

J'ai le sentiment que mes libertés individuelles sont bafouées.

– Et « Votre Grandeur Privée-d'animal-de-compagnie » ?

Cette proposition aussi s'est déjà heurtée à d'innombrables refus de sa part.

– Non plus, lâche-t-elle.

– Il n'y en a plus pour très longtemps. Je m'attends à recevoir un chien d'ici peu.

– Rex...

– Dans quelques jours, ce sera mon anniversaire, je lui explique avec obligeance. Mes parents ne s'en rendent pas compte, mais je laisse traîner dans toute la maison des photos de chiens que j'ai découpées dans des magazines. Ils ne se doutent absolument pas que je les manipule discrètement. C'est trop mignon !

– Rex..., soupire-t-elle en se frottant les yeux.

Cette partie de bras de fer dure depuis la rentrée scolaire.

– Permettez-moi de vous proposer un compromis. Je vous laisse le choix d'inventer le nom que vous voulez, du moment qu'il reflète la maltraitance et la privation d'animal de compagnie dont je suis victime ainsi que l'injustice générale du monde dans lequel nous vivons.

– Rex, s'il te plaît !

– Réfléchissez-y, madame Yardley. Je vous laisse carte blanche. La seule limite est votre propre créativité.

– Rex Dexter..., grince-t-elle entre ses dents serrées.

– Présent !

Je me rends. Je ne peux pas lutter contre elle indéfiniment.

4

Le grand jour est arrivé.
Le jour glorieux de mon anniversaire.

Le jour J rien que pour moi.

Je suis peut-être trop grand pour une fête d'anniv, mais on n'est jamais trop vieux pour manger du gâteau et de la crème glacée au petit-déjeuner. Le gâteau en question a la forme d'un labrador chocolat (à ma demande expresse). Et, bien sûr, il est au chocolat (également à ma demande). Avec de la glace au chocolat.

C'est exact. Un labrador chocolat au chocolat nappé de chocolat.

Si cette seule pensée vous réjouit le cœur, vous n'êtes pas le seul. L'idée en soi est émouvante et parle aussi bien à l'âme qu'aux papilles. Si Emily Dickinson avait créé des gâteaux au chocolat en forme de labrador chocolat au lieu d'écrire des poèmes, elle en aurait sûrement vendu davantage.

Si savoureuse que soit cette œuvre poétique, le clou de la journée reste à venir.

Ma mère émerge de la cuisine, les bras lourdement chargés du cadeau qui m'est destiné : une boîte ornée d'un gros ruban rouge. Avec des trous sur les côtés.

Des trous !

Des trous dans un carton ne peuvent signifier qu'une chose et une seule.

De l'intérieur sort le bruit divin d'un grattement étouffé. Mes soupçons se confirment.

Il y a quelque chose de vivant dans cette boîte.

Et ce quelque chose, qui-respire-par-les-trous-du-carton, est un CHIEN !

Les manœuvres subtiles que j'ai effectuées sur les ondes cérébrales de mes parents ont manifestement porté leurs fruits.

D'après les dimensions de la caisse, il pourrait s'agir d'une race de petite taille. Un yorkshire. Un teckel. Pas aussi grand et imposant que je l'avais espéré, mais je me flatte d'être la flexibilité incarnée. Sans compter qu'une petite boîte peut aussi vouloir dire un *bébé* labrador chocolat.

Je colle mon oreille contre la paroi et j'écoute. J'entends respirer. Puis un drôle de petit glapissement sec. Il s'agit peut-être d'une race exotique et rare ? Mes parents se sont surpassés. Vous ai-je déjà dit que j'avais les meilleurs parents du monde connu ?

Mes espérances ont été comblées au-delà de leurs limites. Je meurs d'envie de faire la connaissance de mon nouveau compagnon et meilleur-copain-pour-la-vie.

J'arrache le ruban.

Je dénoue les ficelles.

Je respire un grand coup.

Enfin, je soulève le couvercle pour pouvoir contempler béatement mon...

... poulet.

Au fait, ne tenez aucun compte de l'affirmation ci-dessus au sujet des meilleurs parents du monde connu. Ce n'est pas leur faute. Il est évident que mes parents et moi souffrons d'une incapacité totale à communiquer.

J'ai peut-être été trop subtil dans mes allusions. J'essaie donc maintenant de m'exprimer en termes simples, faciles à comprendre.

– Ceci est un poulet.

– Exactement, confirme ma mère.

– Qu'est-ce que je suis supposé en faire ?

– C'est un animal de compagnie ! décrète mon père.

– Un poulet n'est pas un animal de compagnie, papa. Un poulet, c'est un Happy Meal.

– Celui-là te servira à t'entraîner.

M'entraîner ?

– Ce sera l'occasion pour toi d'exercer ton sens des responsabilités, précise ma mère.

– Occupe-toi bien de ce poulet, conseille mon père. On verra ensuite pour ce qui est de prendre un chien.

S'il y a une chose au monde que je désirais plus qu'un chien pour mon anniversaire, c'était une leçon de maturité.

Au fait, c'est de l'ironie, ça.

De l'ironie amère « spéciale anniversaire ». Ce qui est la forme la plus ironique de l'ironie que l'humanité ait jamais connue.

5

– Ça n'a vraiment rien à voir avec un chien, remarque Darvish.

– Je sais.

– J'ai quatre chiens, souligne-t-il. Du coup, je suis une sorte d'expert.

Cet insatiable cynophile ne rate pas une occasion de remuer le couteau dans la plaie en me jetant sa meute à la figure.

– Et je peux te dire que ce n'est absolument pas un chien, conclut-il.

Nous sommes dans ma chambre. Darvish, vautré sur mon lit, est occupé à engloutir des pépites de chocolat qu'il a sorties de son sac à dos. Rien d'autre. Qui est capable de manger un sachet entier de pépites en chocolat ? Darvish, voilà qui ! Ce garçon a toujours quelque chose à grignoter sur lui – ce qui est tout de même bien pratique en cas de petit creux.

Moi, cependant, je ne me goinfre pas. J'observe avec attention mon nouvel « animal de compagnie ». Il est attrayant, je suppose, pour un oiseau de basse-cour. Il a des plumes rougeâtres et une insolente queue noire. Et aussi un drôle de bourrelet rouge sur le sommet de la tête. Ce qui, à proprement parler, doit faire de lui un coq.

Pourtant, malgré sa prestance royale, ce gallinacé n'a jusqu'ici rien fait d'autre que glousser.

Cot, cot, cot.

Il a des tonnes de choses à dire, mais rien de vraiment consistant. Je crois même que ses yeux regardent dans des directions différentes.

Je n'en veux pas à mes parents. C'est plutôt à moi-même que je fais des reproches. Je croyais sincèrement les avoir élevés mieux que ça.

– Tu as des fournitures pour poulets ? demande Darvish.

Jusqu'à cet instant précis, j'ignorais totalement qu'il existait des fournitures pour poulets. Je secoue la tête.

– Tu veux dire de la nourriture ?

– Ouais. Et une gamelle. Une écuelle pour l'eau. Un bac à litière. Enfin, tout ce qu'il faut pour un poulet.

Il a raison. Mes parents m'ont donné un animal d'entraînement et m'ont jeté dans le grand bain sans l'équipement nécessaire. Ils sont futés, ces deux-là. Mais je vois clair dans leur jeu. Si je veux leur démontrer la profondeur de mon sérieux et de mon sens des responsabilités, il est clair que je dois me procurer des accessoires pour poulets.

Il est temps de faire un tour à Planètanimo.

J'adore ce magasin parce qu'on peut y aller avec son animal de compagnie. Évidemment, je n'avais encore jamais eu d'animal pour m'y accompagner. Bub a quitté ce monde trop tôt. J'ai bien essayé d'y emmener Filou une fois, mais on sait tous comment s'est terminée cette histoire.

Mais aujourd'hui j'ai...

... un poulet. Et je vais devoir m'habituer à le dire !

– Je viens de me rendre compte de quelque chose. Pour la première fois de ma vie, je vais entrer dans Planètanimo avec mon propre animal de compagnie.

– À toi tout seul, confirme Darvish. Ce doit être super pour toi.

– Enfin, pas un véritable animal de compagnie, je rectifie. Mais un compagnon vivant, de chair et de sang et en forme d'animal.

– J'y suis allé plein de fois avec Filou, me rappelle mon meilleur ami. Finalement, il n'y a pas de quoi en faire un plat.

– La vie nous fait peu de cadeaux, Darvish, alors, s'il te plaît, arrête de tout gâcher !

– Désolé. Comment tu vas faire pour emmener ton poulet là-bas ?

Une fois encore, il a raison. Je n'ai pas de collier. (Article n° 1 sur la liste des choses à acheter : collier pour poulet.)

Et je n'ai pas non plus de laisse. (Article n° 2.) J'attache donc un bout de ficelle autour du cou de mon volatile.

Du moins, j'essaie. L'oiseau ne veut pas en entendre parler. Il saute sur mon lit et donne de violents coups de bec à Darvish, qui court se réfugier sur mon pouf poire.

– Hé ! Qu'est-ce qui lui prend, à ton poulet ?

Malgré toute l'expérience de Darvish en matière d'animaux, je crois que mon coq d'entraînement ne l'aime pas. Peut-être perçoit-il dans son caractère un défaut que je n'ai pas encore décelé.

Ayant pris possession de mon lit, l'animal vient se blottir contre moi et se lance dans une version aviaire du ronronnement.

– Woah, commente Darvish, on dirait que tu lui plais !

Si cet animal était un chien, il me ferait fondre le cœur. Si c'était un chiot, je chérirais cet instant jusqu'à la fin de mes jours. Mais c'est un poulet. Alors, au lieu de m'attendrir, je profite de la confiance qu'il a eu le tort de placer en moi. Je lui passe rapidement la laisse improvisée autour du cou, et nous partons faire notre première balade ensemble, direction Planètanimo.

Sauf que ce gallinacé ne semble pas apprécier d'avoir été arraché de son perchoir sur mon lit. Ou alors les poulets n'aiment tout simplement pas marcher. Du coup, en fait de promenade, je suis pratiquement obligé de le traîner jusqu'à l'animalerie.

Mon compagnon à deux pattes caquète bruyamment tout le long du chemin. Il doit être surexcité.

Difficile de le lui reprocher. Non seulement il est mon cadeau d'anniversaire, mais EN PLUS il va faire une virée à Planètanimo. C'est un grand jour pour ce poulet !

6

Il n'y a pas grand-chose à faire à Morne-Cascade. La ville possède une bibliothèque. Un petit parc zoologique. Un bowling. Elle est aussi la capitale des écureuils albinos pour tout le Nord-Ouest, ce qui n'est pas rien quand on s'intéresse aux rongeurs pâlichons.

Sinon, cette ville ressemble à un trou perdu typique du monde moderne. Ce qui implique que le centre commercial TentaFolies est généralement noir de monde.

Et pour cette raison le parking est toujours en travaux.

Ça pue le goudron frais et la sueur des ouvriers de la voirie.

Toutes sortes de gens rôdent sur les trottoirs à l'extérieur des magasins, s'employant à faire signer des pétitions et à récolter des fonds pour des organismes caritatifs.

L'allure sérieuse de Darvish fait de lui une proie facile. Le pauvre garçon a le mot « pigeon » écrit en gros sur son front.

De jeunes scoutes hèlent les passants pour essayer de leur vendre des petits gâteaux. Elles sont les premières à attaquer.

– 'Scusez-moi, m'sieur ! braillent-elles, envahissant mon espace vital. Vous voulez bien acheter des cookies ? Seulement trois dollars la boîte !

– Non, merci.

Darvish ralentit le pas.

– Mais, Rex, j'ADORE les biscuits ! Surtout ceux au chocolat et à la noix de coco !

Qu'est-ce que je vous disais ? On croirait voir une gazelle blessée entourée de prédateurs, dans l'attente de se faire dévorer. Je l'attrape par le pan de sa chemise et poursuis mon chemin.

Un jeune homme nous brandit un porte-bloc à pince sous le nez. Il arbore une cravate et un gros badge sur lequel est inscrit OUPLA.

– Adhérez à l'OUPLA, les gars ! Les animaux ont besoin de vous !

– Non, merci.

Ne pas s'arrêter de marcher. Tout le secret est là.

– Faites un don pour les wombats ! beugle un type coiffé d'un bonnet en peluche.

– Non, merci.

– Achetez vos tickets pour les Tacos du Mardi chez les pompiers ! s'égosille un soldat du feu aux grandes dents.

– REX ! crie Darvish. Des TACOS !

J'accélère le pas. Il a de la chance de m'avoir comme ami. Sinon, tout son argent de poche irait dans les cookies des scoutes, le Club des Wombats et les tacos de la caserne des pompiers. Heureusement que je suis là pour le sauver de lui-même !

Nous sommes presque arrivés à l'entrée de Planètanimo. Une oasis enchantée dédiée au bien-être animal nous attend.

Et soudain... je le vois.

Au premier coup d'œil, ça ressemble à un jeu d'arcade des années 80.

Mais je m'aperçois vite que ce n'est pas un jeu vidéo. C'est une attraction de fête foraine à l'ancienne.

Et elle ne date pas des années 80. Elle est beaucoup plus antique. Et beaucoup plus cool.

Le jeu est équipé d'une manette et de plusieurs boutons. Mais au lieu d'un écran il y a une vitrine dans laquelle se tient une Faucheuse grandeur nature.

Son capuchon noir repose sur son crâne couleur ivoire. Ses mains squelettiques sortent de ses manches, paumes ouvertes, comme pour nous inviter à jouer. Le nom du jeu est écrit en gros caractères au-dessus de la vitre : LA MALÉDICTION DE LA GRANDE FAUCHEUSE.

Je me tourne vers Darvish.

– *Ça*, ça vaut la peine de s'arrêter. Comment est-ce qu'un truc aussi cool a pu atterrir à Morne-Cascade ?

Mon meilleur ami paraît sceptique.

– J'en sais rien. Ça m'a l'air bizarre. Comment on y joue ?

– On s'en fiche ! Regarde, ça ne coûte que vingt-cinq cents !

Je fouille dans mes poches. Vides.

– Prête-les-moi, Darvish.

Il cherche à son tour dans le fond de ses poches.

– Prêter ? répète-t-il, histoire de s'assurer qu'on est d'accord sur le terme. Tu me les rendras ?

– Probablement pas, je lui avoue.

Il dépose dans ma paume une pièce de vingt-cinq cents, que je glisse aussitôt dans la fente de l'appareil.

Nous attendons. Rien ne se passe.

– Ah, bravo ! râle Darvish. Tu viens de gâcher une pièce pour rien. Cette machine est déglinguée.

– Elle est d'époque, je réplique. Donne-lui une chance.

Je cogne sur la vitre. Aucune réaction.

Je lui flanque un coup de pied. Toujours rien.

J'attrape la vitrine à pleines mains et tente de la secouer pour la forcer à se soumettre. Cet engin pèse une tonne.

– Elle est branchée, au moins ? demande Darvish.

Je jette un coup d'œil derrière et, là, je découvre quelque chose d'inquiétant. Le câble électrique est bien branché, mais j'avais complètement oublié mon poulet.

Le volatile, curieux, est en train de picorer la prise. C'est comme regarder un enfant se fourrer un grain de raisin dans la narine. On sait qu'on devrait l'en empêcher, et en même temps on a envie de voir ce qui va se passer. Je ne dis pas que je suis fier de telles pensées. Je suis seulement honnête.

Et ce qui devait arriver arrive.

Le poulet fait pipi. Pile sur la prise de courant.

– Intéressant, commente Darvish. Tu savais que, techniquement parlant, les poules ne font pas vraiment pipi ? Leur urine se mélange à leur caca, et le tout ressort sous la forme d'une espèce de mixture. Elles ne font ni pipi ni caca. Elles *picaillent*.

Mon meilleur ami a le chic pour fournir des détails dégueu.

– Eh bien, mon poulet est en train de *picailler* sur le câble électrique !

Visiblement, cet oiseau n'a pas inventé le fil à couper le beurre.

Des étincelles jaillissent en crépitant. Darvish et moi reculons d'un bond. Mais, apparemment, le poulet n'a pas été touché.

Un drôle de bourdonnement se fait alors entendre, et l'appareil se met enfin en marche.

– Je te l'avais dit ! je claironne. Il fallait juste lui laisser le temps de chauffer.

La Grande Faucheuse dans la vitrine commence à bouger. Elle tend sa main osseuse vers la fente dans laquelle j'ai inséré la pièce, et celle-ci lui tombe dans le creux de la paume. Derrière elle, une petite pancarte se retourne pour annoncer :

JOUEZ CONTRE LA GRANDE FAUCHEUSE.

SI VOUS GAGNEZ, VOTRE VŒU SERA EXAUCÉ.

SI VOUS PERDEZ, VOUS SUBIREZ SA MALÉDICTION !

– Waouh ! s'exclame Darvish. On se croirait dans ce vieux film des années 80.

– Quel film ?

– Tu sais bien, insiste-t-il. Celui avec Tom Hanks.

– Jamais entendu parler.

– Le héros fait le vœu de grandir. Comment il s'appelle, ce film, déjà ? *Grand ? Costaud ?*

– Aucune idée. Au contraire de toi, je ne passe pas mon temps à regarder de vieux films de l'ancien temps.

La Grande Faucheuse désigne un petit panneau lumineux sur le devant de la vitrine.

OSEREZ-VOUS DÉFIER LA MALÉDICTION

DE LA GRANDE FAUCHEUSE ?

– Ça me fout les jetons, murmure Darvish. Les gens comme moi n'aiment pas les squelettes.

– De quels gens tu parles ? Des Pakistanais ?

– Non, répond-il. Des poules mouillées.

– Ne fais pas le bébé, je l'encourage en lui donnant un petit coup de coude. C'est le jeu le plus cool que j'aie jamais vu.

Je tends la main et appuie sur le bouton OUI.

– Fais quand même attention, me conseille Darvish. Ça ne s'est pas très bien terminé pour Tom Hanks.

Derrière la Faucheuse, un nouveau panneau s'allume.

FAITES UN VŒU

– Qu'est-ce que tu vas demander? veut savoir Darvish.

– Facile, je réponds, les yeux fixés dans le regard étincelant de la Grande Faucheuse. Je voudrais avoir un véritable animal de compagnie, à la place de ce poulet.

Dans sa vitrine, le squelette commence à s'animer par saccades. Il pose la pièce de vingt-cinq cents sur le comptoir devant lui. De ses doigts décharnés, il s'empare de trois gobelets en fer-blanc et les aligne en face de moi. Puis il dissimule la pièce de monnaie sous l'un d'eux.

Le panneau s'éclaire de nouveau:

SUIVEZ LA PIÈCE

LA MALÉDICTION
DE LA GRANDE FAUCHEUSE

La Grande Faucheuse entreprend de faire glisser les godets sur le comptoir. Elle les change de place en décrivant des huit, sans jamais laisser voir où se trouve l'argent. Je guette les mouvements des petits récipients, tâchant de ne pas perdre des yeux celui où se cache ma pièce de monnaie. Au bout de quelques secondes et plusieurs manipulations particulièrement sournoises, elle s'arrête. Un autre message apparaît :

RETROUVEZ LA PIÈCE

– Facile, dis-je.

– Ça paraît facile, prévient Darvish. Mais n'oublie pas que tu as affaire à la Grande Faucheuse.

– Ce n'est qu'un robot de 1935. Je crois que je suis capable de gérer.

Il y a trois boutons à côté de la manette : GAUCHE, MILIEU et DROITE. J'appuie sur celui marqué MILIEU.

La Faucheuse tend la main et saisit le gobelet désigné, le soulève...

... Rien. La pièce n'est pas là !

Le squelette renverse la tête en arrière, sa mâchoire inférieure tressaute, et un éclat de rire sinistre s'échappe de la machine. Puis il fait disparaître les trois godets. Tous les petits panneaux lumineux s'éteignent, et l'appareil redevient silencieux.

Un petit *ding* monte des profondeurs du mécanisme. Je baisse les yeux. L'engin crache une carte à travers une fente située sous la vitre.

PERDU !
VOTRE VŒU NE SERA PAS EXAUCÉ.
À UN AUTRE SORT VOUS VOILÀ CONDAMNÉ.
UN VÉRITABLE ANIMAL DE COMPAGNIE
VOUS AVEZ VOULU.
UN COMPAGNON À QUATRE PATTES VOUS AUREZ.
MAIS GARE AUX IMPRÉVUS !
CAR DES ANIMAUX DE TOUTES SORTES PÉRIRONT
PUIS LEURS YEUX ROUVRIRONT.
QUAND LA MORT DERRIÈRE ELLE
LAISSERA DES MYSTÈRES
LEURS ÂMES EN PEINE
S'ATTARDERONT SUR TERRE.
POUR TROUVER DES RÉPONSES...
VERS VOUS ILS SE TOURNERONT !
AINSI SE TERMINE LE CHANT DE LA FAUCHEUSE.
GOÛTEZ À PRÉSENT SA MALÉDICTION.

– Ben, en plus d'être tordu, c'est horriblement précis, je remarque. Allons acheter mes accessoires pour poulet et barrons-nous d'ici.

– Oh non ! gémit Darvish d'une voix étranglée avant de me tirer par la manche. À mon avis, ce ne sera plus nécessaire.

Je me retourne lentement vers le parking. Là, au bout de sa ficelle, il y a mon poulet.

Ou, plutôt, ce qui *était* mon poulet. Je n'en crois pas mes yeux !

Il est mort. Écrasé par le rouleau compresseur qui aplanit le bitume.

J'en reste muet de consternation.

Atterré.

Sidéré.

– Je t'avais dit de ne pas défier la Grande Faucheuse ! me rappelle Darvish. Je crois que je vais vomir !

Mon pauvre poulet ! On ne lui a jamais vraiment donné sa chance. Bon, il est vrai qu'on pouvait difficilement le qualifier d'animal de compagnie. Mais, malgré ses défauts, je ne lui aurais jamais souhaité de subir un tel sort. Finir ainsi, écrabouillé, raplapla, pas plus épais qu'une feuille de papier à cigarette.

Sans savoir pourquoi, je jette un œil à ma montre. Et je me rends compte que cela fait une heure et quatorze minutes que je suis le propriétaire de cet animal. Un nouveau record pour moi. Cela représente quarante-sept minutes de plus que ce qu'a duré Bub.

Je pense pouvoir affirmer que je fais des progrès dans le domaine des responsabilités.

Je regarde la carte que je tiens toujours à la main. Je la retourne. Au recto, il y a l'image d'un crâne enveloppé de brume verdâtre. On jurerait qu'il rit.

Le truc classique.

7

Curieusement, mes parents ne semblent pas penser que je progresse en matière de maturité.

Je préfère passer sous silence le reste de la journée. Par exemple, le fait que j'ai été obligé d'expliquer comment j'avais laissé mon poulet tout neuf se faire réduire à l'état de crêpe de volaille.

Le fait que ma mère a secoué la tête en se frottant les yeux.

Que mon père a prononcé des phrases comme : « Plus question d'avoir un chien », « Va dans ta chambre » et « Où sont mes cachets contre le stress ? ».

Ou encore que Darvish a vomi. (Il a l'estomac très fragile dès qu'il est question de bestioles écrabouillées.)

Pitié, arrêtez de me réclamer des détails ! J'ai dit que je ne voulais pas en parler.

Tout ce que je peux vous confier, c'est que, en ce moment, je suis affalé sur mon lit. Autrement dit, aussi loin d'un labrador chocolat que possible. Je suis encore sonné par la façon dont cette journée pourrie n'a fait qu'empirer.

Je sais qu'il est égoïste de ma part de m'apitoyer sur moi-même. Je devrais avoir de la peine pour ce pauvre poulet. Et j'en ai. Authentique animal de compagnie ou pas, personne ne mérite de périr victime d'un rouleau compresseur déchaîné.

Je sors de ma poche la carte de la Grande Faucheuse. Ce doit être une simple coïncidence que mon poulet ait connu une fin horrible quelques secondes seulement après que j'ai perdu mon pari avec la Mort. Il n'empêche que c'est tout de même une coïncidence terriblement étrange.

Je me mets à trembler. Il fait soudain glacial dans ma chambre. Mon père veut sans doute me punir en baissant le chauffage.

C'est alors que j'entends un léger grattement. Une sorte de frottement, comme le bruit d'un sac de croquettes pour chiot que l'on traîne par terre. Je me redresse sur mon matelas et balaie la chambre des yeux. Mais, bien sûr, il n'y a rien. Je suis seul.

Un frisson parcourt ma colonne vertébrale. Je peux pratiquement voir mon souffle former de petits nuages de buée dans la pénombre devant moi, c'est dire à quel point la température a chuté. La pièce s'obscurcit au fur et à mesure que le crépuscule s'infiltre par le store de la fenêtre. Pourtant, je ne me lève pas pour allumer la lumière. Je reste avachi sur mon lit. Je suis en deuil. De mon anniversaire. De ma dignité. Ah oui, et aussi de mon poulet !

Un nouveau frémissement me secoue. Misère ! Il n'avait même pas de nom, le pauvre !

– Je n'avais même pas de nom, pauvre de moi ! fait une voix toute proche.

Sauf qu'il n'y a actuellement personne d'autre que moi dans ma chambre.

Du coin de l'œil, je perçois un mouvement précipité. Je tourne la tête. Rien.

Le petit duvet de mes bras se hérisse. Ce qui, sur un trouillomètre gradué de 0 à 10, équivaut à peu près à un niveau 6.

Je dirige mon regard vers la porte de ma chambre. Fermée.

Vers mon placard. Ouvert et vide.

Vers le pied de mon lit.

Un poulet mort me fixe des yeux.

Mon sang se glace dans mes veines. J'essaie tant bien que mal de reculer, fais tomber ma lampe de la table de chevet.

Il flotte au-dessus de mon lit, ce revenant de basse-cour. Blafard, tout aplati, il n'est plus que l'ombre de lui-même, comme une sorte d'escalope surnaturelle. Il me contemple d'un regard froid, éteint. Une écœurante vapeur verdâtre se dégage de lui.

J'essaie de dire quelque chose, mais j'ai le souffle coupé. Je me racle la gorge, prends une inspiration saccadée et tente de communiquer avec l'apparition.

– Qui es-tu ? je murmure.

Mais je sais qui il est. Il n'y a qu'une explication possible.

C'est le fantôme de mon poulet décédé. Un esprit

vengeur. Un spectre. Plat comme une tortilla et prêt à exercer des représailles contre moi.

Là, on atteint 9 sur l'échelle du trouillomètre. D'ailleurs, on devrait désormais l'appeler « Trouillomètre de l'Horreur Cauchemardesque ».

À moins que le dispositif en question ne soit gradué de 1 à 5. Auquel cas on arrive à 5.

Sauf si le Trouillomètre de l'Horreur Cauchemardesque est semblable au DEFCON – qui mesure le fameux état de préparation des forces armées –, où 1 correspond au niveau le plus élevé et 5 au plus bas. Dans ce cas, quel est le petit génie qui a pondu une idée pareille ? Comme si les gens avaient le temps d'effectuer des calculs de conversion arithmétiques quand ils se retrouvent en présence de l'horreur cauchemardesque !

Je frissonne de nouveau.

L'apparition ouvre le bec. À l'idée de ce qu'elle va dire, je tremble d'avance. Quelle condamnation surnaturelle va-t-elle prononcer contre moi pour me punir de l'avoir laissée subir une mort aussi indigne ?

Trois mots sortent des profondeurs obscures de l'affreuse caisse de résonance de son gosier :

– Salut, mon pote !

8

Et voilà comment j'entame une conversation avec mon poulet trépassé. Une conversation invraisemblable.

– Pardon ? Qu'est-ce que tu viens de dire ?

– J'ai dit « Salut, mon pote », répète le volatile.

Je fouille ma chambre des yeux à la recherche d'un chapelet d'ail ou d'un pieu en bois. Sans succès. Mon père a encore fait du rangement sans me consulter. Je forme une croix avec mes doigts et la brandis devant moi.

– Qu'est-ce que tu veux, esprit ? je demande.

– Chais pas.

– Que fais-tu ici, fantôme ?

– Chais pas.

– Comment est-il possible que tu puisses parler, apparition ?

– J'ai toujours su. J'ai beaucoup à dire.

– D'accord... Et comment ça se fait que je te comprenne ?

– Chais pas.

Ce gallinacé ne m'est pas plus utile mort qu'il l'était vivant.

– Tu ne devrais pas aller ailleurs ?

– Où, par exemple ?

– Vers la lumière ? je suggère.

– C'est vrai, j'ai vu une lumière intense, tout à l'heure ! s'écrie le coq. Elle brillait au bout d'un tunnel.

– Tu étais supposé te diriger vers elle.

– J'ai cru que c'était encore un rouleau compresseur, se justifie l'oiseau. Tu l'as vu, cet engin ? Il a failli me rentrer dedans.

– Il *t'est* rentré dedans.

– Ah bon.

– Pourquoi tu n'as pas marché vers la lumière ?

– J'ai commencé. Mais quelque chose m'a arrêté. J'ai eu l'impression que je devais rester ici. Avec toi.

– Pour quoi faire ?

– Chais pas, mon pote. Bizarrement, j'ai senti que tu avais peut-être besoin de moi.

– Pas du tout. Et d'abord, arrête de m'appeler « mon pote ».

– Tu préfères « meilleur-ami-pour-la-vie » ?

– Non.

– « Ma poule », alors ?

– Non.

– Tu veux que je t'appelle « frangin » ? « Chef » ? « Amigo » ? « Boss » ?

– Appelle-moi simplement « Rex ».

Un long silence s'installe. Puis :

– REEEEEEEEEEEX !

Son hurlement d'outre-tombe me fait plonger sous mes couvertures.

– Quoi ? je crie.

– Rien. Je voulais juste essayer pour entendre ce que ça donne. C'est pas terrible comme surnom pour un meilleur copain, mais c'est un début. Et maintenant, si tu me donnais un nom, Rex ?

Non seulement je discute avec un oiseau mort, mais en plus c'est un vrai comique. Et, pour couronner le tout, il se sent malheureux de ne pas avoir de nom. La situation devient de plus en plus cocasse. Et pas dans le meilleur sens.

– Pourquoi un poulet crevé aurait-il besoin d'un nom ? je demande.

– Ben, pour que tu saches comment m'appeler !

– Est-ce que nous sommes vraiment destinés à nous parler assez souvent pour que ça soit utile ?

– Oh, c'est que je vais traîner par ici pendant un moment. Aussi longtemps que tu auras besoin de moi.

– Mais je n'ai pas besoin de toi.

– Okay.

Je n'arriverai à rien de cette manière.

– Très bien. Que dirais-tu de « Plat-Poulet » ?

Il réfléchit une seconde.

– Naan ! C'est une description, pas un nom.

– « Pilon » ?

– Non plus.

– « Tronche de bitume » ?

– Humm.

Il cogite.

– Ça donnerait l'impression que je suis dangereux. Que j'ai des antécédents.

– Mais tu *as* des antécédents, je lui rappelle. Tu t'es réellement fait écraser sur le bitume.

– Non, décide-t-il. Ça ne va pas.

– Et « Nugget » ?

Il fait le tour du lit, retournant ma proposition dans sa tête. Quand il me fait face, je le vois à peine. Il est fin comme du papier. Ce rouleau compresseur ne l'a vraiment pas raté.

– J'aime bien, déclare-t-il. Va pour « Nugget » !

Il s'assied sur ma couette. Sa mystérieuse brume verdâtre s'étale autour de lui, façon flaque de déchets toxiques. Il se gratte le bec avec sa patte.

– Tu devrais dormir un peu, me conseille-t-il.

– Pourquoi ?

– Il faut que tu te reposes. J'ai dans l'idée que ta vie va devenir complètement dingue.

– Qu'est-ce que c'est censé vouloir dire ?

– Chais pas.

Je trouve ma vie déjà assez dingue comme ça. Mais il a raison. Les évènements de cette journée m'ont lessivé.

Je m'allonge. Si ce poulet est revenu de l'au-delà pour me servir de guide spirituel, il s'y prend plutôt mal. On a dû m'envoyer un stagiaire par erreur.

– Tu vas rester ici pendant que je dors ? je lui demande. Non pas que ça me fasse flipper...

Ça me fait flipper.

– Ne t'inquiète pas pour moi, mon poteau, glousse-t-il. Je suis tellement content qu'on soit de nouveau réunis !

Je roule sur le côté, tire les couvertures jusque sous mon menton. Il gèle dans cette chambre. Je tâche de ne pas m'attarder sur le fait qu'il y a un oiseau de basse-cour mort sur le bord de mon lit.

Darvish ne le croira jamais. Et pourtant il est de ceux à qui on peut faire avaler n'importe quoi.

9

Darvish ne le croit pas.

– Je te crois pas, murmure-t-il. Tu me prends pour un nase, ou quoi ?

Il parle à voix basse parce que Mme Yardley est en train de nous expliquer les fractions.

Notre maîtresse a de l'instruction, et pourtant elle nourrit une obsession inquiétante pour les fractions. Je crois qu'elle ne fait aucune confiance à ce qui est entier. Elle ne parle que de verres d'eau remplis au cinquième, de pizzas coupées en huit et de dixièmes de sandwich. On pourrait penser que ne jamais manger un sandwich dans sa totalité est une bien triste façon d'affronter la vie, mais Mme Yardley a l'air d'adorer cette idée de portions incomplètes.

Pour l'instant, je n'écoute pas son boniment sur les fractions, car j'ai des affaires plus pressantes à régler. Par exemple, convaincre mon meilleur ami que j'ai reçu la visite du fantôme d'un poulet.

– Je sais que tu ne me crois pas, je chuchote à mon tour, mais je t'assure que c'est vrai.

– Aussi vrai que la Crotsylvanie ?

Là, il ne joue pas franc-jeu, à me jeter comme ça à la figure mes fautes passées.

– Ça, ce n'était qu'une jolie invention. Une idée folle pour mettre un peu de piment dans ta vie.

– Ma vie est déjà assez pimentée, rétorque-t-il.

– La mienne aussi, murmure Sami Fortépice dans la rangée voisine. Par exemple, je trouve les fractions très intéressantes.

Je secoue la tête avec tristesse. Ces malheureux auraient bien besoin d'apprendre les joies des nombres entiers.

– Mais pour l'instant, continue Sami, je n'entends rien de ce que nous explique Mme Yardley sur les fractions à cause d'une certaine personne en train de bavarder avec Darvish.

Je me tourne vers elle.

– Sami, s'il te plaît, arrête de me distraire.

– Parce que c'est *moi* qui te distrais ? proteste-t-elle.

– Oui. Je traite de questions mystiques, de problèmes de l'au-delà. Je n'ai pas le temps de m'occuper d'équations mathématiques futiles ni de discuter avec des camarades de classe aux cheveux fauves.

Sami affiche un grand sourire.

– Mes cheveux sont fauves ? C'est ça que tu viens de dire ?

– Quoi ? Ne sois pas ridicule.

– Mm-hm, se moque-t-elle, d'un air énigmatique. En tout cas, baisse d'un ton, d'accord ?

Elle me tourne le dos.

– Le mot « fauve » a plusieurs sens, tu sais, je lui lance à voix basse.

Elle fait semblant de ne pas entendre.

– Ça y est, elle a craqué, dis-je à Darvish. Je savais bien que ça arriverait un jour.

– Mm-hm, ricane-t-il d'un air énigmatique.

Je lève les yeux au plafond et reviens à mes moutons.

– Écoute, Darvish. Tu es mon meilleur copain. Mon seul véritable pote. Si je te dis que je suis hanté par un fantôme de basse-cour, tu es prié de me croire.

– On en reparlera plus tard, souffle Darvish. Tu vas m'attirer des ennuis.

– Il se passe des choses étranges, je siffle entre mes dents. Des évènements qui nécessitent une réaction immédiate, quoi qu'en dise une certaine Fortépice.

La passion de Sami Fortépice pour les fractions et son sens plus qu'incertain des réalités ne sont pas ce qui me préoccupe le plus pour le moment. En interrompant notre conversation, elle m'a obligé à baisser ma garde. Ce qui a permis à Mme Yardley de s'approcher furtivement, comme la prédatrice rusée qu'elle est.

– Rex et Darvish, lance-t-elle. Ai-je toute votre attention ?

– Oui ! répond Darvish.

Je suis plus honnête :

– Seulement trois huitièmes environ.

10

Les adultes prétendent qu'ils veulent de la franchise. C'est un mensonge et une imposture. Me voilà maintenant contraint de confectionner des affiches.

Convaincre votre meilleur ami qu'il se produit des évènements surnaturels est déjà difficile en temps normal. Ça l'est doublement quand vous vous trouvez plongé jusqu'au cou dans des paillettes et des marqueurs nauséabonds.

Dans deux semaines, notre école donnera une soirée. Ça s'appellera le Bal Enchanté. La plupart des élèves sont surexcités à l'idée de cette fête ridicule. Pas moi.

Je ne suis jamais allé à l'une de ces festivités, mais, d'après ce que j'ai compris, voici comment ça marche : le soir en question, les élèves, vêtus de leurs plus beaux habits – et les plus voyants –, se retrouveront dans le gymnase de l'école pour y prendre des rafraîchissements et écouter de la musique électronique assourdissante. Et ils danseront. Et se trémousseront. Et se déhancheront.

Très peu pour moi.

Malheureusement, pour nous punir d'avoir bavardé en classe, Mme Yardley nous a chargés de fabriquer des affiches clinquantes pour annoncer ce méprisable évènement.

Ce qui constitue ni plus ni moins que de la maltraitance d'enfants. Ça pourrait aussi s'appeler une punition. Dans tous les cas, c'est probablement illégal. Je commence à croire que Mme Yardley ne tient aucun compte des lois des hommes ni de celles de la nature.

Encore heureux qu'elle considère la récréation comme un « temps de préparation ». Ce qui signifie qu'elle se trouve en ce moment même dans la salle des profs, occupée à s'empiffrer de gâteau au chocolat et à échanger les derniers potins avec l'infirmière scolaire. Cela nous laisse, à Darvish et à moi, tout loisir de discuter de questions importantes.

– Alors, comme ça, tu disais qu'un poulet mort a dormi dans ta chambre ? récapitule Darvish pour clarifier les choses.

– Pas n'importe quel poulet mort, je souligne. *Le* poulet. Je ne sais pas s'il a dormi. Et je crois qu'en fait c'est un coq. Il avait clairement une voix de mec.

– Il avait une grosse crête ?

– Pas vraiment, mais il était coiffé n'importe comment. Ses plumes étaient tout emmêlées.

– Pas ce genre de crête, soupire Darvish en secouant la tête. L'excroissance rouge sur la tête des coqs s'appelle une crête. Elle est plus grosse que celles des poules.

– Arrête avec tes crêtes, je riposte. On sait que tu en connais un rayon sur les animaux de ferme.

Il saupoudre son affiche de paillettes.

– Le poulet que tu as reçu pour ton anniversaire était un coq. Il avait une grosse crête.

– Alors le poulet mort dans ma chambre hier soir était un coq. Parce que c'est le même.

J'ai de petites écailles brillantes et des confettis collés sur chaque centimètre carré de peau. Ça me gratte. Je crois que je suis en train de faire une réaction allergique. Ou d'attraper la mononucléose. Ou la coqueluche. Mon diagnostic est encore incertain.

– Tu essaies de me dire que le fantôme de ton coq décédé te parle ? s'étonne Darvish.

– Exactement ! Pourtant, il n'avait pas l'air de se considérer comme un revenant. Et il n'était pas transparent. Mais il y avait une vapeur verdâtre qui flottait autour de lui. Je suis pratiquement sûr qu'il s'agit d'une espèce de réincarnation.

– Tu es donc hanté par ton coq ?

– Présenté de cette manière, ça paraît ridicule.

– Il a poussé des cris pour te faire peur ?

– Non.

– Il a fait cliqueter des chaînes ?

– Non.

Darvish peut se montrer vraiment moqueur quand il s'y met. D'ordinaire, je considère la moquerie comme une qualité, mais un brin de loyauté ne serait pas de trop en ce moment.

– Il a juste traîné dans ma chambre. On a discuté.

– Alors, il est où, ton poulet fantôme ? demande-t-il en fouillant du regard la salle d'arts plastiques. Je ne vois aucun spectre de volaille par ici.

Je hausse les épaules.

– Je n'en sais rien. Il était parti quand je me suis réveillé ce matin.

– C'est commode, remarque-t-il en brandissant un marqueur rose. Tu as probablement rêvé. Le sentiment de culpabilité produit d'étranges effets sur le sommeil paradoxal.

– Primo, je ne suis coupable de rien, je proteste. Secundo, je n'ai pas rêvé.

J'ai l'impression de pédaler dans la semoule. Si vous voulez mon avis, Darvish a choisi le pire moment pour cesser d'être crédule.

J'extrais un panneau d'affichage tout froissé d'un tas poussiéreux dans un coin de la salle.

– Beurk, il y a une bestiole crevée collée dessus !

D'une pichenette, j'expédie l'insecte au sol.

– Elle t'a dit quelque chose ? ironise Darvish.

– Quoi ? Bien sûr que non !

– Pourquoi pas ? demande-t-il, en fixant une grande étoile étincelante sur son affiche. Je croyais que les animaux morts te parlaient.

– Mais c'est la vérité ! Enfin, du moins, il y a *un poulet* qui me parle. Comment ça se fait, je n'en sais rien.

Je jette mon flacon de glu sur la table et prends une profonde inspiration pour me nettoyer la tête.

– Écoute, j'admets que cette histoire a l'air inventée. Mais je ne te raconte pas de blagues.

– Mmh mmh.

– Je t'assure.

– Mmh mmh.

J'attrape Darvish par sa chemise et le regarde droit dans les yeux.

– Je te le jure solennellement. Croix de bois, croix de fer, si je mens je n'aurai jamais de labrador chocolat de toute ma vie.

À ces mots, Darvish s'arrête net. Du flacon qu'il tient à la main, la colle dégouline sur ses chaussures. Mais il ne le remarque même pas.

– Attends une minute. T'es sérieux, là ?

C'est le serment le plus sacré que je puisse prononcer, et seul mon meilleur ami saurait le reconnaître.

– Absolument. Les animaux morts me parlent.

– La vache !

– Alors, tu me crois maintenant ?

– Je suis bien obligé. Tu as juré sur ton labrador chocolat.

Je pousse un soupir de soulagement. Quelle chance qu'on puisse encore donner sa parole sur la tête d'un labrador chocolat !

11

De la volaille morte-vivante. Des fractions. Une colle. Et, comme si ça ne suffisait pas, j'ai maintenant les bras couverts de paillettes qui ne s'enlèvent pas.

Les évènements de ces dernières vingt-quatre heures ont été fâcheux, c'est le moins que l'on puisse dire. Sur les quatre, trois sont, à mon avis, imputables à la maîtresse. Cependant, au milieu de ces épreuves difficiles, une chose m'a évité de sombrer dans un abîme de folie débilitante.

Darvish recommence à gober tout ce que je lui dis.

Ce qui constitue un progrès encourageant. Quand on se fait harceler par des démons sortis tout droit des enfers, il est bon d'avoir quelqu'un avec qui en parler.

Nous sommes dans ma chambre, et Darvish s'emploie à dévorer un sachet entier de vieilles croûtes de pizza. Il a décidé d'appliquer la « Méthode scientifique » à notre situation.

Je ne comprends pas bien où ça va nous mener.

– Bon, d'accord, je concède, la pluie s'évapore et se transforme en nuages. Mais je ne vois pas le rapport avec les poulets fantômes.

– Ça, c'est le cycle de l'eau, rectifie-t-il. Moi, je te parle de la Méthode scientifique. On l'a apprise à l'école.

– Possible. Je ne devais pas faire attention ce jour-là.

Notre maîtresse a beau être rusée et astucieuse, elle ne cultive pas l'art de donner à son public ce qu'il demande. Malgré tout, si cela doit nous conduire à une solution, je laisse volontiers Darvish poursuivre dans cette voie. Même si l'odeur de parmesan qui s'échappe de sa bouche n'arrange pas mon état d'énervement.

Il se tapote le menton d'un air songeur.

– Tu pars de l'hypothèse qu'un poulet fantôme t'apparaît, mais que personne d'autre ne peut ni le voir ni l'entendre, récapitule Darvish.

– Je ne fais pas d'hypothèse, je corrige en me grattant le bras. (Je fais une allergie aux paillettes.)

– Bon. Et ce poulet, il est là en ce moment ?

– Oui. Il est perché à côté de moi.

– Les deux meilleurs potes ensemble, constate Nugget.

– Tu ne le vois pas ? je demande à Darvish. Il est juste là !

– Je ne vois rien, affirme-t-il. Sauf toi. Et un pouf vide.

– Qu'est-ce qu'il fait ici, lui ? s'énerve Nugget. Je croyais qu'on serait que tous les deux.

– Il est venu m'aider à comprendre, je lui explique.

– Ah bon. Et pourquoi il est fringué comme ça ?

Je jette un regard sur le polo et le pantalon de toile beige de Darvish.

– Il s'habille toujours comme un moniteur de golf. Je crois même qu'il repasse ses chaussures. Je comprends que ce soit déconcertant au début, mais on finit par s'y habituer.

Darvish me décoche un regard sévère.

– C'est l'uniforme de l'école, grommelle-t-il. Tu le sais très bien.

– Notre école n'a pas d'uniforme, Darvish, je lui rappelle.

– Eh ben, elle devrait.

Nugget soupire.

– Ça me fait penser à un pigeon que j'ai connu autrefois. Quelle classe il avait, cet oiseau ! Il portait un petit sac en papier en guise de gilet.

– L'uniforme contribue à un environnement propice à un excellent niveau scolaire et à un enseignement rigoureux, énonce Darvish.

D'un geste indigné de la main, il enlève une saleté imaginaire de son pantalon et continue :

– D'ailleurs, le beige va à tout le monde.

– Darvish, tu as promis de m'aider. Alors concentre-toi ! Regarde bien. Tu ne vois pas la brume verte qui tourbillonne autour de lui ?

– Non.

Nugget lève les yeux vers moi.

– Je ne suis pas sûr que ce gosse soit très futé, observe-t-il. Il m'a l'air bête comme une oie. Tu te débrouillerais peut-être mieux sans lui.

Je me tourne vers Darvish.

– Tu as entendu ?

– Entendu quoi ?

– Il vient de te démolir, j'explique. Par quelques remarques cinglantes et pleines d'esprit. Surtout pour un poulet.

– Cette volaille crevée ose m'insulter ?

Nugget me tire par la manche.

– En plus, il ne daigne même pas m'appeler par mon nom.

– Il n'aime pas que tu le traites de « volaille crevée ». Son nom est Nugget.

– Je refuse de l'appeler comme ça, s'insurge Darvish.

– Dans ce cas, on n'a rien à se dire, rétorque Nugget d'un ton chargé de dédain.

– Essayons de mener une expérience méthodique et objective, propose Darvish.

Il plonge une main dans sa poche et en ressort son téléphone portable.

– On va le prendre en photo. Peut-être que l'objectif est capable de capter plus de choses que l'œil nu.

Nugget m'attrape le coude.

– Il a dit « nu », glousse-t-il dans son aile.

Cet oiseau me plaît de plus en plus.

Nudité mise à part, c'est une bonne idée. Si on arrive à recueillir une preuve photographique, non seulement Darvish pourra voir Nugget et assouvir sa curiosité scientifique, mais je serai en mesure de prendre ma retraite encore dans la fleur de l'âge. Il paraît que les gens paient des fortunes pour entendre des témoignages de la vie après la mort. Une fois de plus, j'ai repris une idée de Darvish – une bonne idée, sans plus – et je l'ai transformée en un projet génial et lucratif.

Sauf que ça ne marche pas.

– Raté, commente mon ami en me montrant l'écran de son portable.

– J'ai changé d'avis, lance Nugget. Ce type n'a rien à voir avec mon ami pigeon. Et il est en train de gâcher ce moment privilégié qu'on aurait dû passer ensemble.

Darvish effectue un zoom avant.

– Il n'y a que toi et un pouf vide, conclut-il. Ton poulet n'est pas là.

– Si, je suis là !

Nugget commence à s'énerver. Ça ne lui va pas au teint.

Darvish secoue la tête.

– Je m'en veux de te dire ça, mais tu ne serais pas en train de t'imaginer des choses, par hasard ?

– « T'imaginer des choses » ? proteste Nugget avec colère. Est-ce qu'on *s'imagine* l'affection que l'on sent s'épanouir dans son cœur pour son meilleur ami ? Est-ce qu'on *s'imagine* l'attachement unique, comme on n'en voit qu'une fois par siècle, qui vous lie à votre âme sœur ? Non, je ne crois pas !

Furieux, Nugget se précipite sur Darvish.

– Il s'y prend mal ! Laisse-moi voir ce truc !

Le poulet tend une aile pour s'emparer du téléphone, mais celle-ci, réduite à l'état de palme aplatie, n'arrive pas à saisir quoi que ce soit, et Nugget ne réussit qu'à envoyer le portable valdinguer par terre.

– La vache ! s'exclame Darvish, devenu tout pâle. T'as vu ça ?

– Je sais, j'acquiesce avec un hochement de tête. Il est nul pour attraper des trucs. C'est à cause de ses ailes écrasées. En plus, tu l'as contrarié.

Et tout à coup ça fait tilt dans ma tête.

– ATTENDS ! TU AS VU ?

Les mains de Darvish tremblent.

– Mon téléphone a été quasiment éjecté de ma main !

Il se penche pour ramasser son portable.

– Comment t'as fait ça ? je demande à Nugget.

– Fait quoi ?

– Tu viens de lui arracher son téléphone des mains !

– Si tu le dis.

– Comment tu t'y es pris ?

Le poulet hausse les épaules.

– Chais pas. Je me suis énervé. J'ai voulu lui montrer comment se servir de l'appareil photo.

Il tend son aile, mais elle passe à travers le téléphone. Il hausse de nouveau les épaules et enfouit le bec dans le creux de mon bras.

– Comment il a fait ? veut savoir Darvish.

– Je sais pas. Il a juste pété un câble.

– Intéressant. J'ai lu un truc là-dessus quelque part. Libération cinétique émotionnelle.

– Traduction, s'il te plaît, Darvish ?

Mon meilleur ami fait les cent pas dans la chambre, tout en marmonnant entre ses dents.

– Il n'arrive à toucher les objets que quand il est énervé, résume-t-il. Demande-lui de recommencer.

– Pas question, objecte Nugget. Pas tant qu'il sera là.

– Il refuse, je traduis pour Darvish. Je crois qu'il ne t'aime pas.

– Il ne m'aime pas ? Qu'est-ce qui ne lui plaît pas en moi ? Je suis pourtant drôlement sympathique !

Inutile de nous attarder sur le caractère irrésistible de mon meilleur ami. Son approche scientifique a porté ses fruits : nous savons maintenant avec certitude que je n'ai pas d'hallucinations.

Ce qui veut dire que ma peur la plus profonde, la plus effroyable, est devenue réalité. Après celles de tomber dans une fosse remplie de serpents ; de voir la Terre envahie par des robots malfaisants ; de me couper avec une feuille de papier. Voilà, dans l'ordre, les pires craintes qui hantent mes cauchemars.

Et celle qui arrive au quatrième rang de mes plus irrépressibles terreurs vient de se réaliser.

J'ai été maudit par un obscur jeu de fête foraine. Moi seul ! Dans la mesure où c'est avec la pièce de Darvish que tout a commencé, j'avais espéré que nous serions ensemble dans cette galère. Ce ne serait que justice, pas vrai ?

Mais non. Manifestement, Darvish ne voit pas les morts.

– Je suppose que c'est maintenant officiel, admets-je. Je suis victime de la Malédiction de la Grande Faucheuse.

– Je t'avais prévenu qu'il ne fallait pas toucher à ce jeu, rappelle Darvish. Tu aurais dû écouter la voix de la sagesse incarnée par les gens de mon espèce.

– On parle encore des pétochards, là ?

– Des poules mouillées, corrige-t-il. Ne te moque pas de nous. Notre folklore abonde en récits évoquant la manière dont nous avons toujours pris soin d'éviter les squelettes, les zombies, les clous rouillés, les housses en plastique du pressing, et à peu près tout ce qui flanque la frousse ou pourrait s'avérer dangereux. Comment crois-tu que nous ayons survécu aussi longtemps ?

Darvish marque un temps d'arrêt et, la mine songeuse, mastique bruyamment une croûte de pizza.

– Alors, comme ça, tu es hanté par ton poulet décédé, reprend-il en se tapotant le menton. Ça ne nous laisse donc qu'une seule question à résoudre.

– Pourquoi tu manges des trucs si bizarres ?

– Non.

– Où est passé le reste de ta pizza ?

– Non.

– Où j'ai trouvé un pouf aussi stylé ?

– Non.

– Tu m'as déjà posé plusieurs fois la question. Je sais que tu l'adores, ce pouf.

– C'est vrai, reconnaît-il, en lorgnant le siège avec envie. Mais ce n'est pas ce qui devrait nous inquiéter.

– Quoi, alors ?

– Quel fantôme viendra te tourmenter la prochaine fois ?

Voilà un sujet que j'aurais préféré ne pas aborder. Maintenant, je souffre non seulement d'une allergie aux paillettes mais aussi du syndrome d'anxiété aiguë. Toute cette histoire de Méthode scientifique me fait vraiment flipper.

12

Les adultes s'emmêlent les pinceaux dès qu'il s'agit de ce qui est réellement important.

Me voilà aux prises avec les grands mystères de l'univers.

M'efforçant de soulever le voile entre la vie et la mort.

Engagé dans une partie de bras de fer avec la Grande Faucheuse en personne.

Et tout ce dont veut parler Mme Yardley, ce sont les exposés qu'elle s'est mis en tête de nous faire faire. C'est tout de même pénible !

– Vous allez devoir effectuer des recherches approfondies, explique-t-elle, tout en rôdant dans la salle de classe, à la façon d'un jaguar avide de fractions. Avoir une élocution claire et soignée, c'est très bien, mais il faudra soutenir votre discours par des faits ! La moitié de la note portera sur la présentation, l'autre moitié sanctionnera votre travail de recherche.

– Super ! se réjouit à haute voix Sami Fortépice. J'adore les exposés !

Une présentation orale devant toute la classe ! Alors même que le surnaturel me fait déjà stresser à mort. C'est comme une gifle infligée au vaste et insondable cosmos.

– Moi aussi, je suis très enthousiasmée par cette idée, approuve Mme Yardley. Nous écouterons quatre exposés par jour à partir de la semaine prochaine. Alors réfléchissez dès à présent aux sujets que vous voulez traiter ! Vous pourrez vous inscrire pour le créneau horaire de votre choix sur la feuille qui sera affichée sur la porte avant la fin de la semaine.

– Génial ! applaudit Nugget. Vive les exposés !

Il se tourne vers moi et demande :

– On aime les exposés, Rexie ?

– Pas du tout, je chuchote.

– Bouh ! siffle-t-il. À bas les exposés !

Heureusement, il y a encore des personnes dans ma vie qui sont sensibles à mon infortune. Et l'une d'elles est un poulet trépassé. Eh oui ! Il a commencé à m'accompagner à l'école.

– Et arrête de m'appeler Rexie, je proteste à voix basse.

– T'en fais pas, rétorque-t-il. C'est juste un diminutif, comme ceux qu'on donne à son meilleur pote.

– Tu n'es pas mon meilleur pote.

– Ah bon ? C'est qui, alors ?

– Darvish.

– Le type qui s'est immiscé entre nous hier ?

– Oui.

– Je ne l'ai jamais aimé, déclare Nugget. Je n'ai pas pu m'empêcher de lui filer des coups de bec dès la première fois que je l'ai rencontré.

– Eh ben, c'est quand même mon meilleur ami !

– Bon, d'accord. Cool. Disons alors que c'est un diminutif comme ceux qu'on donne à son deuxième meilleur pote.

– Ça me va.

– Vous avez un signe de reconnaissance entre vous ?

– Non.

– Bien. Je pense qu'on devrait en avoir un, que seuls toi et moi, en tant que deuxièmes meilleurs potes, on connaîtrait.

– Peut-être plus tard.

– Super. Pas de problème.

Mme Yardley me fixe de son regard d'aigle à guidage thermique.

– Rex, tu m'as l'air terriblement bavard là-bas. As-tu des questions ou des commentaires à propos des exposés ?

On jurerait qu'elle lit dans mes pensées.

– En fait, oui. Je trouve que les exposés oraux sont une perte de temps.

Mme Yardley pousse un soupir.

– Ce genre de devoir constitue un exercice très utile pour démontrer l'importance de la recherche, Rex.

– Je suis un homme d'action, je rétorque. Je préfère faire l'expérience de la vie plutôt que de l'apprendre dans les livres.

– Eh bien, si tu veux avoir une bonne note à ton exposé, il te faudra aussi être un chercheur.

– Je pourrais peut-être simplement raconter à mes camarades de classe quelque chose qui m'est arrivé dans ma vie de tous les jours, je suggère. Je vous promets qu'ils seront fascinés.

– Non, Rex, il n'en est pas question.

Je me mets debout sur mon bureau pour paraître plus grand. C'est une technique utilisée par plusieurs races de chien pour établir leur domination.

– Je ne voulais pas en arriver là, mais je vais devoir vous demander votre numéro d'identification d'enseignant.

Mme Yardley n'en revient pas.

– Mon quoi ?

– Votre NIE, j'insiste. J'ai le sentiment que vous vous acharnez à étouffer ma créativité. Je dois signaler ce fait aux autorités compétentes.

Mes camarades de classe arborent des expressions médusées. Ils sont clairement subjugués par mon charisme. Sans compter que me regarder argumenter avec notre maîtresse est sûrement plus drôle que de parler d'exposés. Là, pour le coup, ils en restent muets.

– S'il te plaît, Rex, assieds-toi, siffle Mme Yardley entre ses dents.

Je sens sa colère enfler. Par égard pour elle, je décide de ne pas faire de scène. Je me rassois.

Elle prend une profonde inspiration et s'adresse de nouveau à l'ensemble de la classe :

– Pour nous aider à mesurer l'importance de la recherche, nous analyserons des faits d'actualité tout au long des prochaines semaines. Vous savez que vous pouvez obtenir des points supplémentaires en rapportant à vos camarades une information que vous aurez trouvée dans le journal ou sur Internet.

Elle reprend sa place à son bureau.

– Qui en a déjà relevé une dont il aimerait nous faire part ?

Edwin Willoughby nous lit un entrefilet sur la sortie d'un nouveau jeu vidéo.

Holly Creskin nous présente un article à propos d'un incendie survenu au zoo. Apparemment, un rhinocéros de Sumatra – une espèce rare – a succombé dans les flammes. Une affaire tragique.

Sami Fortépice cite l'éditorial du quotidien de Morne-Cascade, *Le Grand Rapporteur*.

Mais mon esprit vagabonde. D'une part, parce qu'il m'est difficile de m'intéresser longtemps à des évènements qui ne me concernent pas directement.

D'autre part, parce que je me contrefiche de ce que Sami Fortépice peut avoir à dire. Malgré toute son éloquence.

Et en partie aussi parce que l'article d'Edwin sur le jeu vidéo m'a inspiré un trait de génie.

– « La Malédiction de la Grande Faucheuse », je souffle à Darvish. C'est ça !

– C'est ça, quoi ? demande mon ami.

– C'est ça, quoi ? demande mon poulet.

– Nous allons retourner voir le jeu de foire, je chuchote. Cette fois, je gagnerai et je ferai le vœu d'être désensorcelé.

Nugget secoue sa tête écrabouillée d'un air inquiet.

– Ooh, je ne suis pas sûr que ce soit une bonne idée. La dernière fois que je me suis approché de ce machin, je suis tombé raide mort. Je n'ai pas envie que ça m'arrive encore.

Darvish aussi semble avoir des doutes. Il est bien connu pour sa méfiance naturelle. C'est une de ses expressions les plus habituelles, juste après la perplexité et la faim.

– Je sais pas, Rex. Et si jamais tu perdais encore et que tu écopes d'une double malédiction ?

– Tu sous-estimes mon ingéniosité.

– Là, t'as pas tort, confirme-t-il.

– Mon ingéniosité est en soi une malédiction, je lui rappelle.

– Si tu le dis.

– Mais ta remarque est pertinente, je concède. Alors, on change de plan. C'est toi qui joueras et tu feras le vœu que je sois libéré du sortilège. Comme ça, si tu perds, tu ne seras maudit qu'une fois.

– Pas question.

Darvish secoue la tête avec fermeté.

– Jamais de la vie.

Je ne sais pas lequel des deux est la plus grosse poule mouillée. Darvish ou Nugget.

– Très bien, je décide. Je le ferai moi-même.

– Ça va mal finir, marmonne Darvish.

– Réservez la date dans vos agendas.

– Je ne me sers pas d'un agenda, objecte Darvish. Je suis un enfant. En général, je joue et je fais mes devoirs sans rien planifier.

– Pas la peine de réserver ! annonce Nugget. Je nous ai prévu une bataille de chatouilles demain après-midi. À part ça, je suis libre pour le reste de l'éternité. La plupart du temps, je vais me contenter de te suivre partout.

– Notez-le quand même, j'insiste, avant de me renverser sur mon siège avec assurance, un grand sourire aux lèvres. Aujourd'hui, après l'école, nous allons retourner là-bas, vaincre la Malédiction de la Grande Faucheuse.

Il faut croire que je me suis penché avec un peu trop d'assurance. Ma chaise bascule en arrière et je m'affale par terre avec fracas.

Mme Yardley me contemple un instant, puis, lentement, martèle de son front le plateau de son bureau.

– J'avais tort de sous-estimer ton ingéniosité, convient Darvish. On n'a vraiment aucun souci à se faire.

13

Je suis entouré d'incrédules.

Mais, après avoir été victime d'un mobilier scolaire défectueux, j'ai l'audace de ceux qui ont survécu à une expérience de mort imminente. J'avance du pas décidé d'une personne responsable qui a pris sa destinée en main. Les sceptiques me suivent, entraînés dans le sillage de ma témérité.

– Ne va pas si vite, se plaint Nugget. Tu me fatigues, avec tes grandes enjambées. J'ai des petites pattes, moi !

– Qu'est-ce que tu fais là, d'abord ? je réplique.

– Tu m'as demandé de venir ! proteste Darvish. Tu as dit que je serai ton renfort.

– Ce n'est pas à toi que je parle, je précise. Je m'adresse au poulet.

– Je ne l'entends pas, ton poulet !

C'est vrai. Il va falloir que je m'y habitue.

– Désolé, j'avais oublié.

– Je tiens à voir ce qui va se passer, déclare Nugget. En plus, je t'aime !

Je dois avouer que cet oiseau commence à faire fondre le caramel dur de ma carapace. Bientôt, mon petit cœur de nougat tendre sera exposé aux chagrins et aux désillusions de ce monde cruel. Je ne sais pas trop comment prendre ça. Une fois que la Malédiction de la Grande Faucheuse aura été levée, Nugget repartira de son côté. Ce sera peut-être mieux ainsi. Je renforce ma détermination et poursuis ma route.

La bande habituelle au grand complet traîne aux alentours de TentaFolies.

– Hé, m'sieur, vous voulez acheter des cookies pour aider les scoutes ? braillent les scoutes.

– Adhérez à l'OUPLA, les gars ! beugle le type de l'OUPLA, en agitant son porte-bloc. Pour seulement cinquante-neuf dollars quatre-vingt-dix-neuf ! Nous sommes déjà une centaine. Notre campagne pour la défense des droits des animaux est en train de devenir très agressive !

– Faites un don à notre collecte de vêtements ! couine le vieux bonhomme du Club des Wombats.

– Achetez vos tickets pour les Tacos du Mardi ! hurle le pompier.

Je ne leur accorde aucune attention. J'ai un plan à mener à bien.

Mon plan est simple, mais génial : je défie la Grande Faucheuse et la bats à son propre jeu. Je formule le vœu d'être libéré de sa malédiction. Je sors vainqueur de notre affrontement. Ma stratégie est parfaite. Rien ne peut aller de travers.

Mais, tandis que nous approchons de la vitrine de métal et de verre, je m'aperçois que des forces supérieures ont déjoué mes projets. Le pépin diabolique que personne, et je dis bien personne, n'aurait pu prévoir.

Une pancarte proclamant « HORS SERVICE » est accrochée sur la console de la Malédiction.

Bravo, Grande Faucheuse ! Bien joué !

Mais je ne suis pas du genre à me laisser facilement décourager. J'envoie la pancarte valser par terre et scrute le visage squelettique de mon adversaire.

Derrière sa vitre, elle me fixe à son tour, me nargue du regard de ses orbites vides.

Heureusement que j'ai amené du renfort. Je me tourne vers Darvish.

– Prête-moi une pièce de vingt-cinq cents.

– Encore ?

Il plonge la main dans sa poche et grommelle :

– Il faudrait tout de même que tu te décides à avoir de la monnaie sur toi !

Je glisse la pièce dans la fente de la machine. Rien.

Je donne un coup de pied dans l'appareil. Toujours rien.

Je le secoue. Il remue à peine. Aucune lumière ne s'allume. La Faucheuse se contente de me dévisager avec un air de défi.

Nugget tire sur la jambe de mon pantalon.

– À mon avis, il faudrait que quelqu'un aille au petit coin, suggère-t-il. C'est ce qui a marché l'autre jour.

Je répugne à l'admettre, mais, évidemment, cet oiseau a raison. Je me tourne de nouveau vers mon meilleur ami.

– Darvish, ton rôle de renfort comporte deux aspects. Financer notre mission n'est que le premier.

– Et le second ?

– Tu vas devoir faire pipi sur la prise de courant.

– Quoi ??? rugit-il, plus fort que je ne l'aurais jamais cru possible. Même pas en rêve !

– C'est le seul moyen de faire opérer la magie, Darvish.

– Je t'ai dit que les poulets ne faisaient pas pipi, gémit-il. C'est un principe scientifique élémentaire. Les oiseaux font pipi et caca en même temps. Ils picaillent !

– Eh bien, à moins que tu n'aies des talents cachés pour picailler, tu vas pisser sur la prise, et ça ira comme ça.

– Demande au poulet ! riposte Darvish. C'est lui qui a tout déclenché la première fois.

Je jette un coup d'œil à Nugget, qui se contente de hausser les épaules.

– Je suis mort, précise-t-il. Je ne crois pas que les défunts aient besoin d'aller aux toilettes.

J'attrape mon meilleur ami par les épaules.

– Les fantômes ne pissent pas, Darvish. Tu dois t'y coller.

– Arrête !

– Tu veux que je reste maudit pour l'éternité ?

Darvish se met à bouder.

– Non.

– Tu veux que je sois hanté jusqu'à la fin de mes jours ?

Il soupire.

– Non.

– S'il te plaît, Darvish. Tu connais quelqu'un de plus qualifié que toi pour se soulager sur un fil électrique au moment où j'en ai le plus besoin ?

– Non.

Il regarde autour de lui, histoire de s'assurer qu'il n'y aura aucun témoin pour assister à son humiliation.

– Si cette histoire s'ébruite, je ne pourrai jamais entrer à l'université de mon choix. Ce genre de truc te poursuit toute ta vie.

Darvish se faufile jusqu'au câble électrique et accomplit le sacrifice ultime.

– Ça marche ? crie-t-il.

J'appuie sur les boutons. Je secoue la manette dans tous les sens. Je flanque encore un coup de pied dans l'engin.

Rien.

– Vas-y plus fort !

– Je fais aussi fort que je peux ! couine Darvish.

– Toujours rien.

– Quoi ? Tu veux dire que je suis en train de pisser devant tout le monde *pour rien* ?

– Techniquement, ce n'est pas ma faute. Tu n'as qu'à t'en prendre à la Faucheuse.

La Grande Faucheuse a décidé de se faire prier. Une manœuvre classique. Cette réplique mécanique de la Mort est plus rusée que je le pensais.

C'est alors qu'une voix me fait sursauter :

– Beurk, c'est vraiment dégueu !

La terreur me paralyse. Un frisson me parcourt tout entier. C'est la police ! Les flics. Les poulets. Le bras armé de la loi. Nous sommes pris la main dans le sac. Sauf qu'en réalité, personne n'a la main dans un sac. Excepté Darvish, qui a encore la sienne sur la fermeture Éclair de son pantalon.

– Dis à ton copain d'arrêter de pisser en public, ordonne la voix. Vous pourriez au moins vous respecter un peu, bon sang !

Mais ce n'est pas la police. Ce n'est pas le bras armé de la loi.

C'est un rhinocéros.

Un rhinocéros carbonisé.

Calciné.

Cramé.

Un rhinocéros, on ne peut plus mort. Avec des flaques vertes de matière visqueuse à ses pieds. Et ses yeux sans vie rivés sur moi.

– AAAH ! je hurle, sous le coup de l'épouvante.

Je recule en trébuchant. Mû par un réflexe digne d'un félin, j'essaie de me rattraper. Mais le trottoir doit être en mauvais état, car je m'écroule sur le sol, tête la première.

14

Malgré tous les progrès accomplis par la civilisation, de nombreuses réalités de la nature restent encore entourées de mystère.

Par exemple, le fait que les rhinocéros ne se soucient absolument pas des énormes quantités de suie qu'ils laissent derrière eux.

Je le sais parce que j'en ai un dans ma chambre en ce moment même. Et, en plus, il ressemble à une énorme croquette de pomme de terre brûlée.

En le voyant à TentaFolies, j'ai décidé d'adopter une nouvelle et brillante stratégie. J'ai détalé. Façon petit lapin effrayé.

Hélas, cette tactique a été déjouée par des forces qui dépassent mon entendement. Une manœuvre tellement sournoise que personne, et je dis bien personne, n'aurait pu la prévoir.

Le rhinocéros m'attendait tout simplement dans ma chambre lorsque je suis rentré à la maison. Diabolique !

– Pourquoi il fait si froid là-dedans ? demande Darvish. Je peux presque voir de la vapeur sortir de ma bouche.

Darvish aussi se trouve dans ma chambre. Il respire bruyamment. Depuis notre petit sprint de tout à l'heure, il est à bout de souffle.

– La température dégringole quand ils apparaissent pour la première fois, j'explique.

Je fais tout mon possible pour ne pas trembler. Pas question de lui faire ce plaisir, à ce maudit rhinocéros.

– Et toute cette poussière noire sur ton tapis, qu'est-ce que c'est ? demande Darvish.

– Des cendres. Ça vient du rhino grillé.

– Sans blague ! De la suie de fantôme ?

Il se penche pour l'examiner de plus près et reprend :

– Il est ici en ce moment ? Tu es vraiment en train de parler à un rhino mort ?

– Est-ce qu'il vient de dire « il » à propos de moi ? demande l'animal trépassé. Incroyable ! J'en reviens pas !

– Ben quoi ? Où est le problème ? je m'étonne.

– Non mais, ho ! Je suis *une* rhinocéros, je vous signale, rétorque-t-elle en faisant un pied de nez à Darvish.

– C'est une fille, je précise pour Darvish. Et, oui, elle est juste là, en train de trépigner.

– Évidemment que je trépigne ! bougonne-t-elle. Je te répète que cet incendie n'était pas un accident.

Elle se laisse lourdement tomber sur mon pouf.

Super ! Maintenant, ça aussi, il va falloir le nettoyer.

– Elle n'arrête pas de me parler d'un incendie, j'explique à Darvish.

Nugget vient en voletant se percher à côté de moi.

– Un incendie ? répète Darvish, qui me saisit l'épaule et me secoue comme un prunier. Holly Creskin !

– Reprends-toi, mon vieux ! Ce n'est pas le moment de penser aux filles.

– Non, tu ne comprends pas ! Holly nous a lu un article aujourd'hui.

– Je n'écoutais pas vraiment. Je ne m'intéresse pas aux divagations de quelqu'un qui a deux chats et déteste les animaux.

Agacé, il se frappe le front du plat de la main. Visiblement, il partage mon opinion au sujet de Holly Creskin.

– Son article parlait d'un rhinocéros du zoo. Un rhino qui est mort dans un incendie !

– Ah oui ! Tu veux dire...

Les pièces du puzzle commencent à se mettre en place dans mon esprit.

– Oui ! s'écrie Darvish.

– ... que le rhinocéros cramé qui se trouve en ce moment dans ma chambre...

– Oui !

– ... connaît probablement celui qui a péri dans les flammes !

– Non ! s'énerve Darvish. Je veux dire que c'est *elle* qui est morte dans l'incendie.

– Dans ce cas, qu'est-ce que Croquette ferait là ?

– Qui c'est, Croquette ?

– C'est le nom que je viens de lui donner, je réponds. Pourquoi es-tu là ? j'ajoute en m'adressant au grand mammifère.

– Parce que tu peux m'entendre, tiens ! s'écrie-t-elle. J'étais sûre que tu en serais capable. Je sais pas comment. Je sais pas pourquoi. Mais j'ai des comptes à régler et j'ai besoin de quelqu'un qui soit en mesure de m'écouter. Et ce quelqu'un, c'est toi !

– Des comptes à régler ? Qu'est-ce que je suis supposé faire ?

– Quelque chose ! s'impatiente-t-elle. Tu comprends, j'ai entendu quelqu'un dans ma cage avant que le feu se déclare. Et tout à coup je me suis retrouvée aussi croustillante qu'une galette de pomme de terre. Purée, tu t'en fiches qu'il y ait un tueur de rhinocéros en liberté ?

– Ben non, mais tu es morte maintenant ! Tu ne pourrais pas simplement aller au paradis des rhinocéros et me laisser tranquille ?

– Ouais ! piaille Nugget. Va donc au paradis des rhinos !

– Toi aussi ! je lui crie.

Le poulet prend un air vexé.

– Pourquoi j'irais là-bas ? Je suis un volatile. Si je devais me rendre quelque part, ce devrait être au paradis des poulets, non ?

– Ouais, bonne idée ! je réplique. Pourquoi tenez-vous absolument à me mêler à vos affaires ?

Darvish se lève et se met à marcher de long en large. Comme chaque fois qu'il est surexcité. C'est un tic nerveux chez lui.

– Si j'ai bien compris, la rhino attend quelque chose de toi ? demande-t-il.

– Elle dit que l'incendie n'était pas accidentel. Comme si je pouvais y faire quelque chose !

– J'en étais sûr ! S'ils viennent vers toi, c'est qu'il y a une raison.

– Oui, c'est parce qu'ils sont casse-pieds !

– Tu ne comprends pas ? insiste Darvish. Croquette a besoin que tu fasses quelque chose pour elle, raisonne-t-il en accélérant le pas. J'y ai pas mal réfléchi. Souviens-toi des paroles de la malédiction :

« Des animaux de toutes sortes périront

Puis leurs yeux rouvriront.

Quand la mort derrière elle laissera des mystères

Leurs âmes en peine s'attarderont sur terre.

Pour trouver des réponses... vers vous ils se tourneront ! »

Je ramasse la carte de la Grande Faucheuse sur ma commode. Darvish a raison. Il vient de me réciter la malédiction au mot près. Il faudrait vraiment qu'il se trouve un passe-temps.

– Comment t'as fait pour les mémoriser ? je m'étonne.

– Je les ai lues.

– C'est pas normal. Tu devrais demander de l'aide.

– Demander de l'aide ! répète Darvish. C'est exactement ce qu'ils font ! Ils font appel à toi ! Je crois que tu es censé les aider.

– À quoi faire ?

– À réparer des injustices. Eux, ils sont encore prisonniers de ce monde.

– Exactement, intervient Croquette. Je suis prisonnière !

– Ils ont besoin de ton aide pour terminer quelque chose d'important avant de pouvoir partir.

– Tu devrais écouter ton petit pote, me conseille Croquette. Allez, donne-moi un coup de main. Juste une petite affaire à régler et, ensuite, je te lâche les baskets.

– Nugget est mort sans avoir reçu de nom, récapitule Darvish. Croquette a été assassinée. Ils sont venus vers toi réclamer ton intervention.

– Mais j'ai déjà donné un nom au poulet, je riposte. Alors pourquoi il reste ?

– Je ne sais pas. Peut-être qu'il est là pour te prêter main-forte. Peut-être qu'il est trop bête pour se rendre compte qu'il est mort. Peut-être que tout simplement il t'aime bien.

Nugget hoche la tête.

– Toutes ces hypothèses sont excellentes, approuve-t-il. Ooh, regardez ! Une pépite de chocolat !

Il se met à picorer dans les plis de mes draps.

Bon, ça suffit ! Ce n'est tout de même pas ma faute si quelqu'un a suspendu une enseigne au néon au-dessus de ma tête, que seuls les membres récemment décédés du royaume animal peuvent voir. Je devrais maintenant jouer les moniteurs de colo pour toutes les bêtes mortes qui débarquent en clopinant dans ma chambre ?

Même dans la mort, les animaux me trouvent irrésistible.

La popularité est un vrai fardeau.

15

C'est parti pour un nouveau mercredi.

Ce qui signifie que, en plus de mes nombreux autres problèmes, je vais avoir faim aujourd'hui.

Parce que rien, et je dis bien *rien*, ne pourra m'obliger à faire entrer du bœufaroni dans mon estomac.

Le bœufaroni est une gigantesque parodie de plat, une immonde mixture sournoisement camouflée sous une couche de sauce tomate.

En plus, j'ignore à quelle famille appartiendra le prochain animal mort qui déboulera dans ma vie. Alors, jusqu'à ce que je sache à quoi m'en tenir, j'ai décidé de suivre un régime alimentaire très strict :

je ne mange plus rien de ce qui a été vivant. Je me nourris donc exclusivement de chips et de sodas. La dernière chose dont j'aie envie, c'est qu'une vache ayant servi à confectionner du bœufaroni rapplique dans ma chambre et barbouille mes draps de son infâme bouillie d'outremonde.

Apparemment, mes deux compagnons trépassés – le poulet et la rhino – ne se laissent pas troubler par ce genre de question : ils s'emploient à engloutir le contenu de mon assiette.

– Arrêtez un peu, je leur lance avec colère. Vous allez attirer l'attention.

Mais, évidemment, personne ne les remarque. Il est probable que je sois le seul à les voir s'empiffrer. Même Darvish semble ne s'apercevoir de rien.

Avec un sourire, mon meilleur ami secoue son sac en papier marron sous mon nez.

– Pourquoi tu n'apportes pas ton propre déjeuner le mercredi ? demande-t-il.

– Parce que c'est exactement ce qu'ils veulent. Je refuse d'être complice du système.

Darvish mange des crackers avec une sorte de purée gluante beige. De l'houmous, je crois. Je n'en suis pas sûr. Je ne suis pas spécialiste des produits alimentaires à base de matière visqueuse dont se délectent les jeunes de notre génération.

– Si tu le dis, convient-il. Tu as trouvé d'autres idées pour percer le mystère de la rhino morte ?

– Question très pertinente, commente Croquette entre deux bouchées. Tu as fait des progrès dans la résolution de mon affaire ou quoi ?

Ignorant l'imposant mammifère, je lève les yeux au ciel et réponds à Darvish :

– Pourquoi moi ? En tant que fidèle comparse, c'est à toi de proposer des solutions pendant que je suis occupé ailleurs.

– Je ne suis pas ton comparse ! s'indigne Darvish.

Mon comparse peut se montrer insolent parfois. C'est trop mignon.

Il regarde mon plat à moitié dévoré.

– Je croyais que tu détestais le bœufaroni, remarque-t-il.

Je m'apprête à lui expliquer que le bœufaroni est une tache honteuse sur les normes nutritionnelles en vigueur dans notre pays. Que ce fléau pour notre santé et nos papilles gustatives pourrait très bien justifier une action en justice contre le ministère de l'Éducation. Et que mes petits camarades de l'au-delà n'ont pas l'air de s'en soucier le moins du monde.

Mais, avant que j'aie eu le temps de faire toute la lumière sur la disparition du bœufaroni, je suis dérangé. Par Edwin Willoughby.

Comme vous le savez sans doute déjà, Edwin Willoughby est ce garçon de ma classe capable de toucher son coude avec sa langue. Ce talent l'a rendu célèbre pratiquement dans le monde entier. Ce qui, en plus de son pitbull baptisé Alfred, fait de lui un type super top selon mes critères.

– Hé, Darvish, dit-il, je peux t'emprunter tes notes de math ?

Darvish hausse les épaules et enfourne un autre cracker.

– Je ne prends plus de notes, répond-il.

– Euh... comment ça ? s'étonne Edwin.

– Maintenant, à la place, j'utilise ceci.

Darvish extrait de la poche de son polo un objet long et mince.

– Un stylo ? demande Edwin.

– Tu n'y es pas du tout.

– Oh, arrête, tu te fiches de moi ! soupire Edwin en levant les yeux au ciel.

Une réaction plutôt inquiétante, vu qu'il a visiblement mangé tout son bœufaroni. Ce doit être les premiers symptômes d'un problème gastrique qui commencent à se manifester.

– C'est pas un stylo ? insiste-t-il.

J'admire la persévérance dont il fait preuve malgré la crise d'angoisse que doit lui causer l'ignoble mixture.

– Non, répète Darvish. C'est un stylo espion. Avec système d'enregistrement ultrasonique intégré.

– Oh, fait Edwin.

– Avec ça, j'enregistre les cours de Mme Yardley pour les réécouter plus tard. Au lieu de prendre des notes.

– Pourquoi tu fais ça ? veut savoir Edwin.

Darvish sort une banane du sac en papier contenant son déjeuner.

– Parce qu'il y a quelqu'un, assis à côté de moi, qui n'arrête pas de parler en classe. Une personne qui ne fait que m'attirer des ennuis par ses bavardages continuels. Et qui m'empêche de prendre des notes.

Je hoche la tête. C'est gentil de sa part de ne nommer personne explicitement. Mais pas besoin d'être sorcier pour comprendre qu'il parle de Sami Fortépice. Une vraie pipelette, cette fille !

De dépit, Edwin s'essuie le visage. Ça y est ! Le bœufaroni le fait déjà transpirer à grosses gouttes.

– Bon, alors, dit-il en serrant les dents, je peux t'emprunter ton stylo espion ? Avec son système d'enregistrement ultrasonique intégré ?

À contrecœur, Darvish lui tend l'objet.

– D'accord, cède-t-il. Mais tu as intérêt à me le rendre avant la fin de la journée.

Edwin s'empare vivement du gadget et s'éloigne.

– Tu as deviné de qui je parlais ? me demande Darvish.

Je lui lance un sourire entendu.

– Oh, je ne t'ai pas attendu pour ça, mon pote !

Il mâchouille un morceau de banane. Son regard tombe sur mon plateau de déjeuner.

– Hé, bravo ! s'exclame-t-il. Tu as fini ton assiette !

Je baisse les yeux sur mon plat à présent vide.

– Ce n'est pas moi qui l'ai mangée.

– Ah bon.

Inutile de discuter. Je jette un coup d'œil vers ma droite, où sont installés Nugget et Croquette.

– C'est la meilleure pâtée pour rhinocéros que j'ai mangée depuis une éternité ! se réjouit Croquette en se léchant les babines.

– Pour moi aussi ! glousse le poulet, en se frottant le ventre avec ses ailes aplaties comme des crêpes.

Manifestement, ils ne savent plus ce qu'ils disent. Le délire post-bœufaroni commence à s'emparer d'eux.

Même les morts ne sont pas immunisés contre cette bouillie répugnante.

16

Je suis pratiquement certain que, si je pouvais trouver un moment de tranquillité, j'arriverais à résoudre en deux coups de cuiller à pot le problème de Croquette à propos de son départ pour l'au-delà. Mais une multitude de perturbations interviennent sans cesse pour distraire mon attention :

1. Les tentatives répétées de la maîtresse pour m'instruire. À croire qu'elle ne se lasse jamais.
2. L'ombre d'un exposé oral qui plane au-dessus de ma tête, tel un spectre menaçant.
3. La nécessité constante de repousser les bisous d'un poulet mort excessivement affectueux.

4. L'obligation de nettoyer les traînées de suie laissées par une rhinocéros grillée.
5. Les suggestions qu'il faut souffler – je suis obligé de carrément lui mâcher le travail – à Darvish pour qu'il améliore ses compétences en tant que comparse.

Les pressions auxquelles je dois faire face sont sans limites. Si bien que je n'arrive pas à me concentrer. Je n'ai pas une minute à moi. Je crains qu'il n'y ait ni cuiller ni pot. Donc, pas de solution pour mes compagnons défunts. Autrement dit, la poisse. Pour eux comme pour moi.

Heureusement, j'ai un refuge secret.

Ça s'appelle une cabine de douche.

Personne n'oserait me déranger là-dedans. Parce que tout le monde reconnaît le caractère sacré de cet endroit. Parce que tout le monde respecte le droit à l'intimité lié à cette forteresse liquide de solitude.

Et aussi, parce que j'y suis tout nu.

Cette satanée Grande Faucheuse m'a bien eu. En me lançant sa malédiction, elle a fait de moi un délégué pour les animaux récemment trépassés qui ont encore des affaires à régler. On dirait que ces revenants savent exactement où me trouver. Je me demande si d'autres que moi possèdent le même don. Et, dans ce cas, s'ils utilisent aussi la douche comme abri contre les morts-vivants. Et, si oui, quel genre de délire cela provoque-t-il sur leur facture d'eau ?

Il y a tellement de questions sans réponse.

J'essaie de m'éclaircir les idées, tandis que la vapeur s'élève autour de moi. Selon la théorie de Darvish, Croquette n'est pas venue vers moi par hasard. Elle prétend que l'incendie du zoo a été allumé intentionnellement. Elle affirme avoir entendu quelqu'un dans l'enclos des rhinocéros juste avant le départ du feu. Quelqu'un qui était animé de mauvaises intentions. Apparemment, si je parvenais à élucider les circonstances de son assassinat, ses affaires restées en plan ici-bas seraient résolues et elle pourrait partir pour un monde meilleur. Le paradis, par exemple. Ou le Walhalla. Ou Cleveland. N'importe où, sauf ici.

Il est temps de s'organiser. L'heure est venue de mettre mon agile cerveau au travail.

Peut-être que, si je listais tous les indices dont je dispose, la solution apparaîtrait toute seule.

Indice n° 1 : une rhinocéros est morte.

Indice n° 2 : je n'ai pas d'autre indice.

Il se peut que des forces soient à l'œuvre pour empêcher mon agile cerveau de fonctionner au mieux de ses capacités. À mon avis, c'est la faute du bœufaroni. Même si je n'en ai pas mangé, il est possible que le simple fait de me trouver à proximité ait eu un effet débilitant sur moi. À partir de maintenant, je mentionnerai ces séquelles sous l'appellation de « Trouble Cérébral du Bœufaroni ». Je ne sais pas trop si cette maladie existe pour de bon ou si elle n'est qu'une invention de mon imagination surmenée.

Ce qui est sûr, c'est que je suis loin d'avoir trouvé une solution. Les bouts de mes doigts se sont transformés en pruneaux, et ça n'a rien donné. Cette pauvre Croquette n'ira peut-être jamais à Cleveland.

Au beau milieu de ces pensées déprimantes, j'ai tout à coup une étrange sensation : un picotement glacé qui remonte du bas de ma colonne vertébrale. Malgré la chaleur de l'eau, le petit duvet de mes bras se hérisse. Je sens que des yeux inconnus m'observent. Je ne suis pas seul !

Je me retourne... et l'aperçois. Une ombre sinistre se dresse derrière le rideau de douche, qu'une main noire et velue arrache brusquement.

– AAAAAAAHHHHHHHHHH ! je glapis en me couvrant les yeux pour ne pas voir le destin tragique qui m'attend.

– Ça fait des semaines que t'es là-dedans ! gronde une voix grave. T'as l'intention d'en ressortir avant la fin du siècle ? J'ai besoin d'un coup de main, ici, si ça ne te dérange pas.

J'ouvre les yeux. Il est là.

Ce n'est pas un destin tragique. C'est un gorille. Voici à quoi il ressemble :

Comme vous pouvez le constater, il est trempé de la tête aux pieds.

Et il a un gros requin accroché à son derrière.

Une brume verte tourbillonne à ses pieds.

Il me regarde avec l'air d'attendre quelque chose.

Et, alors que les gorilles vivants, flanqués de requins tout aussi vivants qui leur mordillent les fesses et entourés de volutes de vapeur verdâtre, sont peut-être chose courante dans les régions plus éclairées et plus cultivées du pays, comme Cleveland, dans les salles de bains de Morne-Cascade, ils restent plutôt rares.

Ce qui ne peut signifier qu'une chose : ce gorille est mort. Le requin aussi.

Et ils n'ont aucun respect pour le caractère sacré de cet endroit. Ni pour le droit à l'intimité lié à cette forteresse liquide de solitude. Ni pour le fait que je sois nu comme un ver.

17

Nous sommes au zoo.
En train de déguster des granités.

– Miam-miam ! caquette Nugget, en engouffrant avec enthousiasme sa glace à la framboise bleue.

Croquette hoche la tête.

– C'est vraiment délicieux, approuve-t-elle.

– Tu trouves *ça* bon ? ricane le gorille. Une fois, j'ai escaladé une montagne pendant trois mois d'affilée pour aller manger de la neige sur les sommets glacés du mont Karisimbi. Elle avait un goût de rêve – genre, la paix dans le monde nappée de miel et saupoudrée de vermicelles en sucre. Ça, à côté, ce n'est rien !

Le vendeur de glaces m'a regardé d'un drôle d'air lorsque j'ai commandé quatre granités, mais, si je m'occupais de ce que les gens pensent de moi, je ne serais pas là où je suis aujourd'hui.

C'est-à-dire au zoo. Papa m'y a conduit en voiture. Il paraissait content que je m'intéresse aux animaux. Le pauvre, s'il savait ! En plus, le gorille a laissé une flaque d'eau sur le sol de la salle de bains, et c'est moi qui ai tout pris. En fait, je crois que mon père était surtout soulagé de me voir débarrasser le plancher.

Le gorille. Il a essayé de m'expliquer ses malheurs. Le requin aussi, mais c'était difficile de comprendre ce qu'il disait à cause de ses dents plantées dans les fesses du grand singe. Du coup, leur récit était du grand n'importe quoi. Alors, j'ai appelé Darvish, vu qu'il parle couramment le n'importe quoi. Mais il n'a pas répondu. Ce que je trouve plutôt impoli, si vous voulez mon avis. Quand un gorille mort interrompt la douche de votre meilleur ami, vous décrochez votre téléphone, c'est la moindre des choses.

J'ai alors décidé que j'avais besoin d'inspiration visuelle. Et quelle meilleure source d'inspiration que l'endroit où se sont déroulés les évènements ?

Autrement dit, le zoo.

J'ai dans l'idée que le granité au kiwi-citron vert pourrait bien être l'antidote à mon Trouble Cérébral du Bœufaroni™. Car j'ai enfin les idées claires. Assez claires pour me rappeler que je suis homme à mener de grandes entreprises téméraires. Et ma prochaine grande entreprise téméraire consistera à inspecter la scène de crime.

– Allons voir de plus près la maison des gorilles, je propose.

Seulement, il y a un problème avec la scène de crime. L'accès à toute une partie du zoo est désormais interdit. Le parc des rhinocéros est fermé. La porte de la maison des gorilles est close. Et l'entrée de l'océanarium est condamnée. L'univers entier conspire à m'empêcher de poursuivre mes grandes entreprises téméraires.

Mais je suis là en mission semi-officielle. Je ne tiens donc aucun compte des cordons de sécurité qui délimitent la scène de crime.

– Hé, petit ! Tu n'as pas le droit d'entrer ici !

C'est un grand et téméraire agent de sécurité. Il est grand en largeur plutôt qu'en hauteur, sans doute à cause d'un régime alimentaire draconien à base de saucisses-frites et de beignets. Il est téméraire parce qu'il s'oppose à mon autorité semi-officielle.

– Recule, fiston, ordonne-t-il, le doigt pointé vers le cordon de sécurité.

– Qu'est-ce qui se passe ? je demande.

– C'est pas tes oignons.

– C'est de la discrimination ! je proteste. Je suis victime de la tyrannie du pouvoir !

– Quel pouvoir ? s'étonne-t-il.

– Vous ! je précise. Et d'abord, où étiez-vous la nuit en question ?

Il se frotte les tempes. Son crâne a la forme d'une montgolfière.

– Ici, probablement, à travailler pour un salaire ridicule.

J'enregistre dans un coin de ma tête une note concernant le suspect : *gardien trop rondouillard pour commettre un meurtre*. Malgré tout, je campe sur mes positions.

– Les impôts que je paie contribuent au financement de ce zoo, je déclare. Je suis donc votre employeur, mon bon monsieur. Et en tant que tel je vous saurais gré de respecter mon autorité dans cette affaire.

Il ne respecte pas mon autorité dans cette affaire. À la place, il me prend le bras et me reconduit au kiosque du marchand de glaces.

– Je suis quasiment certain que les gosses ne paient pas d'impôts, marmonne-t-il. De toute façon, ce ne sont pas les impôts qui servent à faire fonctionner le zoo. Ce sont les tickets d'entrée.

Il regagne son cordon de sécurité en se dandinant, soufflant comme un bœuf.

Tout ça, c'est la faute de Darvish ! S'il avait été là, il aurait sans doute pu improviser quelque chose – bidouiller une explosion, par exemple – pour détourner l'attention du gardien. Ç'aurait été une mission dangereuse, mais je n'aurais pas hésité à sacrifier mon meilleur ami pour la bonne cause. Ensuite, grâce à mon agilité féline, j'aurais pu me faufiler sans me faire remarquer. Au lieu de quoi, je me suis laissé embobiner et malmener par le bras dodu de la loi. Impossible, du coup, de nous rapprocher de la scène de crime.

Et le zoo ferme dans une heure.

Pour ne rien arranger, Croquette s'est mis en tête de réclamer un autre granité.

– Je commence à avoir mal au crâne, je ronchonne, en me frottant les yeux.

– Arrête de faire le bébé, grogne le gorille en ponctuant ses paroles de grands coups de poing sur sa poitrine. Une fois, j'ai reçu sur la tête quarante-sept noix de coco ! Et pas des noix de coco ordinaires, figure-toi, mais des noix d'une espèce rare de cocotier acide ! Je n'ai presque rien senti !

Le requin lève les yeux au ciel.

Je respire un grand coup.

– D'accord, dis-je. Raconte-moi encore une fois comment tu t'es échappé de la maison des gorilles. Et comment tu t'es retrouvé avec un requin aux fesses.

– Je n'y suis pour rien, proteste le gorille, en fronçant ses épais sourcils. Quelqu'un a ouvert ma cage.

– Je me tue à te répéter qu'il se trame quelque chose de terrible, intervient Croquette. On veut notre peau.

– Oui, tu m'as déjà dit que quelqu'un avait allumé cet incendie, je me rappelle.

– Exactement ! confirme-t-elle en tapant du pied. Quelqu'un de malfaisant ! Ce feu m'a tuée !

Je m'adresse de nouveau au gorille :

– Et toi, c'est un requin qui t'a tué ?

Il se retourne pour montrer le squale occupé à lui grignoter bruyamment l'arrière-train.

– Oh, ça ? Ce n'est rien ! Une fois, une panthère m'a arraché une patte à coups de dent ! Je l'ai réduite en purée, je me suis faufilé dans son estomac, j'ai récupéré ma patte et l'ai recousue avec des lianes !

– Chanestchamaisawivé ! marmonne le requin.

– Si, c'est arrivé ! riposte le gorille. Et même plusieurs fois !

Je secoue la tête.

– Alors, comment es-tu mort ?

– Je me suis noyé. Ce n'est pas ma faute si je ne sais pas nager.

– Mais comment...

– Pas ma faute ! Quelqu'un a ouvert ma cage !

– Oui, ça, on a compris.

– Écoute-moi bien, espèce de petit..., commence-t-il.

Croquette s'avance vers le gorille, le dominant de toute sa hauteur, telle une petite montagne au nez pointu.

– Tss tss ! siffle-t-elle. Baisse d'un ton, tu veux ? Rexie essaie juste de comprendre comment les choses se sont passées exactement. Inutile de te fâcher.

– Ouais, glousse Nugget. Ne te fâche pas contre Rexie.

Le gorille bat en retraite.

– D'accord. Désolé. Mais, tu sais, mourir, c'est usant.

Il gonfle les joues et appuie les articulations de ses doigts sur le sol.

– Je vais commencer par le commencement, reprend-il. Je suis toujours resté enfermé dans mon enclos, vous comprenez. Depuis qu'on m'a arraché à mon habitat sauvage pour m'amener ici. Alors, lorsque quelqu'un a ouvert la porte, je suis sorti. Je suis curieux de nature, d'accord ? Et, quand j'ai vu l'océanarium, je suis entré.

– Et tu es tombé dans l'aquarium des requins ? je suppose.

– Enpeindanslaquachiummechibeaucoup ! gargouille le requin.

– L'eau avait l'air fraîche, se justifie le gorille. Que voulez-vous ? J'ai un faible pour l'eau fraîche.

– Et le requin t'a attaqué et a essayé de te tuer ?

– Il aurait bien voulu ! ricane le gorille. Une fois, je me suis fait charger par une horde de gnous qui se faisaient foncer dessus par un troupeau d'éléphants qui se faisaient attaquer par une meute de dingos. Personne n'a survécu à part moi !

– J'ai l'impression que tu inventes, là, dis-je.

– Une autre fois, je suis tombé d'une falaise de trois cents mètres de haut alors que je me battais contre un crocodile. Je me suis servi de sa gueule comme parachute et j'ai atterri sain et sauf au pied de la falaise. Alors, ce requin-là, à côté, c'est rien du tout. Tu vois tous ces bleus autour de son museau ? C'est moi qui l'ai bourré de coups de poing.

– Achwetteteschonwies, bougonne le requin, la gueule pleine de popotin de singe.

– Bon, d'accord, dis-je. Et, pendant que tu tabassais le requin à mort, tu t'es noyé.

Le gorille hoche la tête.

– Ouais. Mais c'est pas ma faute, hein ? Quelqu'un a ouvert ma cage.

Le gorille n'en démord pas. Le moment est venu de poser la question la plus difficile. Je le regarde droit dans les yeux d'un air sévère.

– Est-ce que le requin ou toi devez de l'argent à quelqu'un ?

Il affiche une mine perplexe.

– Mon meilleur copain t'a posé une question, intervient Nugget, dont le bec a viré au bleu framboise.

Le gorille hausse les épaules.

– C'est quoi, l'argent ?

Je maintiens la pression.

– Est-ce que quelqu'un te doit de l'argent ?

Une fois de plus, il affirme n'avoir aucune connaissance pratique, même la plus élémentaire, en matière monétaire.

Exaspéré, je lève les bras au ciel.

– Est-ce que l'un de vous deux aurait une idée de qui voudrait se débarrasser de vous ?

– C'est clairement quelqu'un qui déteste les animaux, suppose Croquette. Quelle autre raison pourrait-on avoir de souhaiter nous éliminer ?

Ses gros bras de rhinocéros en couronne au-dessus de la tête, elle pirouette sur ses talons et lance :

– Regardez-moi. Je suis une beauté rare, non ?

– Tu te trouves rare ? raille le gorille. Moi, je suis tellement rare que j'ai pratiquement disparu ! Il reste moins d'un spécimen de moi encore existant dans le monde ! Je connais des tigres à dents de sabre qui sont plus communs que moi !

Je m'assieds, vaincu, et termine mon granité. Il a un goût de kiwi-citron vert et de défaite. Je suis assez malin pour me rendre compte que mon expédition de chasse aux indices dans le parc zoologique est complètement ratée.

Pourquoi Darvish n'a-t-il pas répondu au téléphone ? C'est que j'ai vraiment besoin d'un expert en explosifs, là, maintenant.

Et d'un meilleur ami.

18

Un nouveau vendredi matin commence, et les couloirs de l'école bourdonnent de conversations passionnées à propos du Bal Enchanté qui arrive à grands pas. Qui va porter quoi ? Qui viendra avec qui ? Tout ça me soûle.

À en juger par leurs bavardages insipides, mes camarades de classe n'ont pas du tout conscience du drame majeur qui se joue en ce moment : à savoir que je n'ai toujours pas fait le moindre progrès pour me débarrasser de ce déferlement d'animaux morts qui me suivent partout.

Vu la quantité de forces surnaturelles liguées contre moi, c'est un vrai miracle que je ne me sente pas plus abattu. Malgré tout, tandis que j'inscris mon nom à la date que j'ai choisie pour faire mon exposé, je n'affiche pas la mine renfrognée des vaincus.

Car j'ai mis au point une stratégie géniale pour m'attaquer à mon exposé.

Ça s'appelle la « Stratégie du Dernier-Créneau-Horaire-Possible ». Un nom très chouette pour une stratégie, si je puis me permettre.

En choisissant la dernière date disponible, je me suis donné jusqu'à vendredi prochain pour faire mon exposé. Une semaine entière. Cela me laisse plus de temps qu'à n'importe qui d'autre.

Certains qualifieront ça de temporisation. D'autres, de paresse. J'appelle ça du bon sens. Cela fait-il de moi un génie chez les simples mortels ? Un être supérieur ? Un roi parmi les hommes ? Qui suis-je pour en juger ? L'histoire nous le dira.

Si seulement ma mère et mon père pouvaient voir tout ce bon sens à l'œuvre. Ils me supplieraient de bien vouloir accepter un labrador chocolat.

Sami Fortépice s'est inscrite pour le premier créneau. Elle devra donc présenter son exposé dès le début de la semaine prochaine. Voilà encore un exemple démontrant que, dans la vraie vie, les rats de bibliothèque ne pourront jamais rivaliser avec les rois de la débrouille.

Évidemment, j'ai beaucoup plus besoin de temps libre que Sami Fortépice. Elle, elle n'est pas constamment asticotée par trois animaux défunts. Quatre, si l'on compte le requin. Enfin, pour lui, je ne suis pas sûr. Il faut dire qu'il ne brille pas par sa conversation et, la plupart du temps, se contente de mâchouiller le postérieur du gorille.

Pendant que nous entrons dans la salle de classe, Mme Yardley nous rappelle qu'il est encore temps de nous porter volontaires pour faire partie du comité chargé de la décoration de la salle où se tiendra le Bal Enchanté. Non, merci ! J'ai eu ma dose de paillettes, assez pour deux vies entières.

– Où t'étais, hier soir ? je demande à Darvish, alors que nous nous installons à nos pupitres. Je t'ai appelé.

– Chez moi, répond-il. Mon téléphone était mort.

– Eh ben, à cause de toi, j'ai passé une soirée épouvantable.

Je lui raconte la brutale interruption de ma douche, l'apparition du gorille, et nos exploits

– réalisés, soit dit en passant, sans le recours à la moindre explosion – au zoo.

– Mince alors... Un gorille, tu dis ? s'exclame-t-il en glissant la main dans son sac à dos. Tu as vu le journal de ce matin ?

– Bien sûr que non, je rétorque. C'est toujours plein de destruction et de mort. Ça me déprime. En plus, on n'y parle presque jamais de moi.

– Cet article-là, si, dit-il en me tendant le quotidien. D'une certaine façon.

Je m'empare du journal. Un gros titre s'étale sur la première page : TRAGÉDIE AU PARC ZOOLOGIQUE DE MORNE-CASCADE.

Je ne peux retenir un bâillement. Ce n'est pas à moi qu'il faut parler de tragédie. J'ai à peine fermé l'œil de la nuit. Nugget, Croquette, le gorille et le requin prennent tellement de place dans ma chambre qu'il ne reste pratiquement aucune surface disponible pour moi. Non seulement je suis le seul à les voir et à les entendre, mais je suis aussi apparemment le seul à subir les conséquences de leur occupation abusive de l'espace. Si ça, ce n'est pas une tragédie, je ne sais pas ce que c'est.

Enfin, j'ai au moins une nouvelle à raconter au reste de la classe. Le journal à la main, je me dirige d'un pas nonchalant vers le tableau.

Mme Yardley paraît sceptique.

– Rex ? Tu as une information à nous lire ?

– Et comment ! Préparez-vous à me donner des points supplémentaires.

– Est-ce convenable ? s'inquiète-t-elle de savoir. Non, n'est-ce pas ?

Elle hésite. Je profite de la lenteur de ses réflexes et me racle la gorge. Faisant résonner les riches tonalités de ma voix de ténor jusqu'au plafond, je lis l'article devant mes camarades de classe.

– « TRAGÉDIE AU PARC ZOOLOGIQUE DE MORNE-CASCADE

« Dès les premières heures de la soirée d'hier, les employés du zoo de Morne-Cascade se sont aperçus qu'un gorille des montagnes adulte s'était échappé de son enclos. Le cadavre de l'animal a été retrouvé dans l'aquarium des requins, situé dans l'enceinte de l'océanarium, en même temps que celui d'un requin-bouledogue.

« "Nous ne pensons pas qu'il s'agisse d'un acte criminel, déclare Hautaine Snobinette, consultante auprès du parc zoologique. La fermeture de l'enclos devait être défectueuse. En voulant explorer le reste du parc, l'animal s'est égaré et s'est retrouvé dans le bassin des squales, et un combat épique entre le requin et le gorille s'est ensuivi."

« La cause de la mort du gorille reste indéterminée, mais la noyade serait une piste privilégiée. La mort du requin résulterait de son empoignade avec le gorille.

« "C'est le problème avec ces vieilles cages, commente Mme Snobinette. Les serrures lâchent, les barreaux rouillent. Mon entreprise étudie actuellement, en collaboration avec le zoo, la possibilité d'installer de nouveaux enclos, plus sécurisés."

« Enclos Sans Barreaux, *l'entreprise de Mme Snobinette, travaille avec les réserves et parcs animaliers pour créer de vastes espaces ouverts, dépourvus de cages, destinés aux animaux. Le zoo de Morne-Cascade n'a pas encore décidé de se lancer dans pareil projet, mais, s'il opte pour cette solution, la société de Mme Snobinette entreprendra d'importants travaux de rénovation dans tous les enclos du parc zoologique.*

«Il se pourrait que les évènements tragiques qui se sont déroulés récemment incitent la direction du zoo à agir dans ce sens. Cependant, tout le monde n'est pas d'accord avec une telle mesure.

«“Il faut s'attendre à ce genre d'accident quand on enferme les animaux dans des cages, affirme Talon Forgepré, président de l'OUPLA, Organisation Unifiée pour la Protection et la Liberté des Animaux. La solution, ce n'est pas de construire de meilleures cages, c'est de rendre ces magnifiques bêtes, hélas devenues trop rares, à la nature sauvage à laquelle elles appartiennent.”

«En attendant, plusieurs dispositions ont été prises pour garantir la sécurité des animaux et du public.

«“Toutes les serrures des enclos sont inspectées pour prévenir la moindre défaillance, assure Mme Snobinette. Nous ne pensons pas rencontrer d'autres problèmes de ce type à l'avenir.”

«C'est le second incident dramatique survenu au zoo cette semaine, après l'incendie qui a coûté la vie à un rhinocéros de Sumatra.»

– Très bien, me félicite Mme Yardley, qui a l'air agréablement surprise. Tout à fait convenable.

Mais était-ce vraiment *bien* ?

Était-ce vraiment *convenable* ?

Car, lorsque je lève le nez du journal, j'aperçois Holly Creskin.

Qui pouffe.

19

– C'est moi qui avais apporté cet article pour le lire en classe, s'indigne Darvish, tout en ouvrant le sac en papier contenant son déjeuner. MOI !

Comme souvent, Darvish fait une fixation sur les choses sans importance.

– Et ça a très bien marché, je réponds.

– Pour que, MOI, je le lise ! Tu m'as volé mes points supplémentaires !

Mon pauvre ami ! Il devrait savoir, mieux que n'importe qui, que les points supplémentaires, ça ne se vole pas. Ils font partie du domaine public. C'est comme l'air, l'eau du robinet et la poursuite du bonheur. Ils appartiennent à tout le monde. Ils flottent dans le vent, à la disposition du grand public, de quiconque a le culot d'en profiter.

– Sois donc un peu plus attentif à ce qui se passe autour de toi ! je lui rappelle. Quelqu'un est en train d'assassiner des animaux !

– Mais l'article disait qu'il ne s'agissait pas d'un acte criminel.

– Tu ne vas tout de même pas rester une andouille toute ta vie, Darvish ! Tu ne vois pas que c'est une ruse ? De la supercherie ! De la propagande !

Pour ponctuer mes propos, je mords dans mon sandwich au fromage grillé avant de continuer :

– Il y a quelqu'un qui s'amuse à ouvrir les cages et à allumer des incendies. Croquette et Aquasinge eux-mêmes nous l'ont dit.

– Aquasinge ?

– Ça m'est venu à l'instant.

– Ah oui, parce qu'il est tombé dans l'aquarium. Marrant !

– Merci.

– Au fait, où ils sont ? demande-t-il. Ici, avec nous ?

– Non. Hier soir, on s'est couchés tard. Pour rien, d'ailleurs. Par ta faute. Bref, ils sont restés à la maison pour se reposer.

– Comment des fantômes peuvent-ils être fatigués ?

– Concentre-toi ! Quelqu'un essaie de les éliminer. Bon, j'ai écarté le gardien du zoo de la liste des suspects. Mais qui pourrait vouloir tuer un gorille et un rhinocéros ?

Darvish hausse les épaules.

Ce garçon est un vrai boulet. J'envisage sérieusement de promouvoir Nugget au rang de comparse et de meilleur ami.

– Quelqu'un qui déteste ouvertement les bêtes, voilà qui ! À savoir... Holly Creskin !

– Quoi ? s'écrie Darvish. C'est complètement dingue ! Les enfants n'entrent pas par effraction dans les zoos pour tuer des animaux !

Je perds patience.

– Tu connais des méthodes de torture ? je lui demande. Les poucettes, le chevalet, ce genre de techniques ?

– Non.

– Il faudra que tu apprennes. On pourra en avoir besoin. Allez, viens !

L'heure est venue de redoubler d'audace.

– Où on va ? demande Darvish, qui court pour me rattraper.

– Interroger Holly Creskin.

20

Nous nous asseyons en face de la coupable. De si près, je peux voir la haine qui brûle en elle. La malveillance qui la pousse à haïr les bêtes, à carboniser les rhinocéros et noyer les gorilles.

– Salut, Darvish ! Salut, Rex ! s'exclame-t-elle, étonnée de notre venue.

Le truc avec les coupables, c'est qu'ils ont toujours l'air surpris.

– Alors, les gars, vous allez au Bal Enchanté la semaine prochaine ?

Je lâche un petit rire dédaigneux.

– Ne sois pas ridicule.

– Dommage, gazouille-t-elle. On va bien s'amuser.

Je n'ai pas de temps à perdre.

– Inutile d'essayer de détourner mon attention, Holly Creskin. On n'est pas là pour parler du bal.

– Oh, fait-elle. D'accord. Qu'est-ce que vous voulez, alors ?

– Tes aveux. Pourquoi t'as fait ça ?

– Fait quoi ?

– Ne joue pas les idiotes avec moi. J'ai toujours su que tu détestais les animaux, mais je n'aurais jamais pensé que tu tomberais aussi bas.

– De quoi tu parles ? s'étonne-t-elle, en repoussant le plateau de son déjeuner. J'adore les bêtes.

– Arrête ton cinéma ! Tout le monde sait que je suis le seul à cette table à aimer les animaux. Depuis toujours, je rêve d'avoir un chien.

– Il ne parle pratiquement que de ça, intervient Darvish, toujours serviable.

– Exactement ! je confirme. Mais, chaque fois que j'essaie d'aborder le sujet avec toi, tu plisses le nez de dégoût. Et tu sais pourquoi ?

– Oui, répond-elle.

Je pointe un doigt accusateur vers elle.

– Parce que tu as horreur des animaux !

– Non, réplique Holly Creskin. C'est parce que je n'aime pas les chiens.

– Quoi ?

– Et toi, tu ne t'intéresses qu'aux chiens.

– Elle a raison, Rex, remarque Darvish. C'est une obsession chez toi. Les labradors chocolat par-ci, les labradors chocolat par-là...

– Comment oses-tu prononcer en vain le nom de cette majestueuse créature ? je m'indigne, avant de me tourner de nouveau vers Holly Creskin. Donc, tu prétends n'avoir causé la mort d'aucun animal du zoo ?

– Bien sûr que non ! proteste-t-elle. J'aime trop les bêtes ! J'adore les licornes, les chevaux ailés, les arcs-en-ciel, les licornes...

Je l'interromps :

– Les arcs-en-ciel ne sont pas des bêtes.

– Et les autres trucs ne sont pas réels, ajoute Darvish.

– J'aime aussi les vrais animaux ! insiste Holly Creskin. Les chatons, les poneys, les chatons...

– Et les gorilles ? je demande. Et les rhinocéros ?

– J'aime toutes les bêtes, sauf les chiens ! déclare-t-elle.

Je dois admettre qu'elle est forte !

– Je suis même membre de l'Organisation Unifiée pour la Protection et la Liberté des Animaux ! proclame-t-elle.

Sur ce, elle nous brandit fièrement sous le nez son sac à dos, sur lequel est épinglé un gros badge de l'OUPLA.

Je grimpe sur la table pour paraître plus impressionnant. Ma tactique doit être efficace, parce que Holly Creskin a l'air terrifiée.

– Ce que tu dis ne tient pas debout, je clame. Mais, si c'est vrai – ce qui n'a rien de certain –, pourquoi as-tu rigolé quand j'ai fini de lire mon article ce matin ?

– MON article ! souligne Darvish, qui, décidément, ne sait pas lâcher prise.

– Ne changeons pas de sujet, je lui conseille, avant de poursuivre en m'adressant à Holly : Cet article n'était pas particulièrement drôle. Je dirais même qu'il était plutôt horriblement tragique. Alors, qu'est-ce qui t'a fait rire ?

Holly Creskin lève les yeux au ciel et prend un air embarrassé.

– Oh, ça !

Je suis prêt à utiliser la fourchette de Holly comme poucette s'il le faut, mais je sens qu'elle va bientôt passer aux aveux. Je n'aurai peut-être pas besoin de recourir à la torture finalement.

– Je connais Talon Forgepré, figure-toi, m'informe-t-elle. Le type dont on parle dans l'article. C'est le président de l'Organisation Unifiée pour la Protection et la Liberté des Animaux. Il est très grand. Et il se passionne pour la défense des droits des animaux. Il est au lycée.

– Ce n'est pas lui qui traîne aux alentours de Planètanimo en quémandant de l'argent ? je demande à Darvish.

– L'OUPLA ? répond mon meilleur ami. Ah, oui, ça se peut.

– Tu sais bien, il voulait nous faire payer cinquante-neuf dollars et quatre-vingt-dix-neuf cents pour adhérer à son association.

– Je ne me rappelle pas, avoue Darvish. J'avais la tête ailleurs. Je pensais aux tacos des pompiers. Et à la malédiction qui t'a frappé.

– Tu as donné cinquante-neuf dollars et quatre-vingt-dix-neuf cents à ce type pour devenir membre de son groupe ? je demande à Holly. Qu'est-ce qui t'a pris ?

Elle s'esclaffe.

– Mais non, idiot ! Ce sont mes parents qui ont payé. Eux aussi, ils aiment les bêtes. En fait, mon père est prési...

Je lui coupe la parole :

– Ça change quoi que tu connaisses Talon Forgepré ? Pourquoi as-tu ri bêtement ?

Holly se remet à glousser.

– Parce qu'elle craque pour lui, suggère Darvish.

À ces mots, Holly Creskin éclate carrément de rire, elle ne peut plus s'arrêter. Il n'y a plus rien à en tirer en tant que suspecte.

Je descends de mon perchoir et m'en vais, la laissant à son fou rire.

Sans le savoir, elle s'est elle-même lavée de tout soupçon.

Car les assassins ne rient pas sottement. Ils ricanent de façon démoniaque. Tout le monde sait ça.

21

Je suis au point mort, aussi bien du point de vue émotionnel que spirituel ou métaphysique.

Je n'arrive pas à comprendre pourquoi un rhinocéros et un gorille (sans oublier un requin) ont vu leur vie en captivité abrégée de façon si tragique.

Et je ne suis pas près de me débarrasser de ces hôtes venus de l'au-delà, respectivement couvert de suie, dévoré de puces (et incrusté de crustacés).

Je profite de ce que c'est le week-end pour m'attaquer au problème et décide d'opter pour la solution qui les distraira de leurs malheurs. La seule qui me fera oublier la terrible impasse dans laquelle je suis actuellement coincé.

Aller manger une pizza.

– Je voudrais un salon privé, le meilleur que vous ayez, je demande.

Nous sommes au comptoir de location de chaussures du FormiBoules, le bowling/pizzeria préféré des habitants de Morne-Cascade. Le type derrière le comptoir me regarde comme si je n'avais pas toute ma raison. C'est un regard auquel je me suis habitué au fil des années.

– Un salon privé pour une personne ? répète-t-il.

– Possible, je réponds évasivement.

Je suis enveloppé d'un voile de mystère et je préfère n'y rien changer.

Il respire un grand coup.

– Comme tu veux, petit. La salle réservée aux fêtes d'anniversaire est libre aujourd'hui. Tu peux y aller. Passe ta commande au bar.

Question décoration, celle de cette pièce est un brin puérile. Et tristounette. Sur le mur, une peinture murale fanée tente de créer un décor de jungle. Des toucans en papier mâché sont suspendus aux dalles du plafond. Pas terrible comme décor, mais la salle est privée, et nous pourrons discuter tranquillement sans que je risque de passer pour un crétin au cerveau dérangé.

Bêtement, le menu du FormiBoules ne propose aucun plat pour rhinocéros, ni pour gorilles d'ailleurs. J'ai donc choisi du mieux que j'ai pu, tout en gardant à l'esprit les goûts de mes compagnons. Je dépose la pizza devant eux.

– Anchois et épinards, j'annonce fièrement. Ils n'ont plus de bananes ni de graines pour poulets ni de ce que mangent les rhinocéros d'ordinaire.

– Ça ne fait rien, je n'ai pas faim, dit Croquette.

– Moi non plus, ajoute Aquasinge avec un soupir. Je peux rester des jours sans manger. Une fois, je ne me suis nourri que de fourmis rouges pendant six mois. Tu vois un peu la taille d'une fourmi rouge ? Elles sont minuscules !

Le requin, lui, se contente de grignoter l'arrière-train du gorille.

Seul Nugget paraît apprécier mon choix.

– Merci, mon pote ! Ooh, super ! Des parts en forme de triangle ! Mes préférées !

Si j'avais su que personne d'autre n'en mangerait, j'aurais juste pris une double ration de fromage.

Mon dévouement et mon sacrifice n'ont servi à rien. Autant donner de la confiture à des cochons !

Assis devant le petit tas de garniture que j'ai mis de côté, je mâchonne ma tranche de pizza. À côté de moi, Nugget picore à grand bruit.

Les autres ont le regard lointain. Ils contemplent avec nostalgie la jungle maladroitement peinte sur le mur.

Peut-être qu'ils ne font pas exprès de dédaigner mon dévouement et mon sacrifice.

Peut-être qu'ils sont aussi tristes d'être là que je suis ennuyé de les avoir là.

Peut-être qu'ils ne sont pas ici par choix.

Peut-être qu'un paradis de plaines herbeuses et d'arbres luxuriants (et de récifs sous-marins) attend chacun d'eux dans l'au-delà.

Peut-être que je ne suis pas le seul à subir la malédiction.

Darvish pense que, si nous parvenions à élucider le mystère de leurs morts tragiques, leurs esprits pourraient partir. S'il a raison, alors, les pauvres, ils sont coincés ici. Condamnés au purgatoire de Morne-Cascade. Jusqu'à ce que les affaires qui les retiennent ici-bas soient réglées.

Je suis donc obligé de résoudre ce problème une bonne fois pour toutes.

Je tends la main et gratte la tête de Croquette derrière son oreille calcinée.

Je caresse le pelage à jamais trempé d'Aquasinge.

Je fixe le carton de la pizza au bout d'un long manche à balai et, de loin, flatte doucement le dos du requin.

J'entoure de mon bras le cou en deux dimensions de Nugget.

– Qu'est-ce qu'on fait, Rexie ? demande ce dernier.

– On s'accorde une pause.

– D'accord.

Les yeux rivés sur la jungle au mur, nous poussons en chœur un gros soupir.

22

Il y a eu un coup d'État. Ma chambre est officiellement occupée.

Darvish a réquisitionné ma console pour y installer un nouveau jeu vidéo appelé Paradis de Cacahouètes. Il y est question d'une souris géante qui pose des pièges pour attraper un éléphant.

Apparemment, ce jeu fait fureur parmi les enfants de mon âge. Je n'en sais rien. Depuis quelque temps, je n'ai plus les capacités intellectuelles nécessaires pour jouer à des jeux vidéo. Mon cerveau, autrefois si joyeux et insouciant, s'affaire pour l'instant à méditer sur les tendances criminelles de l'être humain à l'encontre de ses compagnons à quatre ou deux pattes.

Croquette, Aquasinge et Nugget attendent leur tour de jouer. Du coup, je ne peux pas me servir de la manette. Et il ne me reste plus de place sur le lit.

J'ai été, pour ainsi dire, expulsé de ma propre chambre.

– Rexie, tu veux bien venir une minute, s'il te plaît ? me convoque mon père depuis la pièce d'à côté.

Son ton sévère laisse entendre qu'il ne me fait pas venir pour me proposer des esquimaux.

– Rexie, claironne Darvish, ton père te réclame.

– Ne m'appelle pas comme ça ! Je reviens tout de suite. Pendant mon absence, essayez un peu de vous remuer les méninges pour trouver une solution.

– Je viens avec toi, décide Nugget. Au cas où il distribuerait des esquimaux.

Bien que son cœur ne batte pas, mon poulet se révèle être un ami fidèle. Il semble aussi beaucoup apprécier la nourriture humaine.

Mon père est un père au foyer. C'est le seul père au foyer que je connaisse. Il affirme que c'est parce qu'il est un homme éclairé. Je ne sais pas ce que ça veut dire. En tout cas, le fait d'être éclairé s'accompagne visiblement de toute une série de corvées.

Comme faire la cuisine. Et le ménage. Alors, très peu pour moi, ce n'est pas demain la veille que je serai éclairé.

En ce moment, il fait la lessive. Et il n'a pas l'air content.

– Qu'est-ce que c'est que ça, Rex ? demande-t-il en me montrant mes draps maculés de suie. De la cendre ?

Oups ! Bien que je sois le seul à voir les fantômes des animaux venus me hanter, il semblerait que les effets secondaires de leur présence soient parfois visibles aux yeux d'autres personnes. Comme les flaques d'eau que laisse Aquasinge partout derrière lui. Ou les taches de suie de ma petite camarade grillée.

– Ah, oui, je réponds, après avoir fait mouliner mon cerveau à toute vitesse. De la cendre. Ça vient peut-être d'un devoir de sciences que j'ai fait. Ou pas. Tu n'as qu'à t'en prendre à la Méthode scientifique, si tu veux.

– Ah bon. En tout cas, fais plus attention la prochaine fois.

Les méthodes d'interrogatoire de mon père n'ont rien de musclé.

– Comment ça va, fiston ? s'enquiert-il. Tu as l'air préoccupé ces temps-ci.

Je marque un temps d'arrêt, ruminant intérieurement ma réponse. Mon père répète sans arrêt que je peux tout lui confier. Et je dois avouer que j'aurais bien besoin d'un conseil aujourd'hui.

Je pourrais lui raconter que la Grande Faucheuse m'a frappé d'une malédiction. Je pourrais lui dire que les fantômes existent pour de bon. Qu'il y a toute une ménagerie d'animaux morts qui prennent ma chambre pour une escale dans leur voyage vers l'au-delà. Je pourrais lui expliquer que le devoir de résoudre le meurtre féroce de ces innocentes créatures repose entièrement sur mes humbles épaules.

Mais ça, c'est le genre de divagation qui vous expédie droit à l'asile de fous.

Alors, je ressors le bon vieux prétexte :

– C'est rien, juste un truc à l'école.

L'excuse classique.

Je fais demi-tour pour quitter la pièce, mais il m'arrête.

– À propos d'école, ça avance, ton exposé ?

Mes cheveux se dressent droit sur ma tête. Je sens un frisson remonter le long de ma colonne vertébrale, un frémissement qui n'a rien à voir avec le fait que Nugget, tout près de là, s'active à fouiller dans le congélateur à la recherche de bâtonnets glacés. Une fois encore, mon père semble ne pas se rendre compte de ce qui importe vraiment. Il est au courant des devoirs que j'ai à faire mais n'a pas du tout conscience que quelqu'un est en train de piller notre réserve de crèmes glacées juste sous son nez.

Je me racle la gorge.

– Excuse-moi. Tu disais ?

– J'ai vu ton cahier de textes à côté de ton sac à dos, quand j'ai fait le ménage dans ta chambre.

– Ah.

Il est plus malin que je le pensais. Je continue :

– Tu seras heureux d'apprendre que j'ai adopté une attitude très responsable vis-à-vis de ce devoir.

– Tant mieux ! J'avais peur que tu t'inscrives pour le dernier créneau et que tu repousses la préparation de ton exposé à la dernière minute.

J'émets un vague gloussement. Cet homme n'a aucune confiance en moi.

Lorsque je regagne ma chambre, il est clair qu'aucune solution n'a été trouvée pendant mon absence.

Ça fait trois heures que Darvish est au Paradis de Cacahouètes.

Je me décide à énoncer l'évidence :

– Tu as peut-être un problème d'addiction. Ça m'embête de te parler de ça, mais il faut que je te dise à propos de cet éléphant...

– Oui, bien sûr, mais comment donc ! s'exclame joyeusement une voix derrière moi. Parle-lui de moi ! Je suis juste là !

Je me retourne. Il y a un éléphant dans la pièce. Avec un sourire jusqu'aux oreilles.

Mais il y a aussi quelque chose qui cloche chez lui. En dehors de sa voix aiguë et de sa présence. Il a une drôle d'allure pour un pachyderme, une forme carrée, toute tassée. On dirait un cube. Et de la base de ce cube émergent quatre courtes pattes boudinées, baignées d'une vapeur verte lumineuse.

Je jette un regard vers Darvish. Il est plongé dans son jeu, sans se douter qu'un authentique éléphant mort est entré dans la pièce pendant qu'il avait les yeux rivés sur son faux éléphant de jeu vidéo.

Ce garçon pourrait bien avoir de réels problèmes.

23

Il apparaît évident qu'il nous faut un endroit où rien ne viendra distraire notre attention. Un lieu où l'on pourra tranquillement analyser la situation. Bref, il devient indispensable d'organiser une Rencontre des Génies.

Et la vieille table de pique-nique dans le coin de la cour de récréation est l'endroit idéal pour cela.

Cette table ressemble à un piège mortel qui n'attendrait que l'occasion de se déclencher. C'est une véritable épave, un assemblage de bois vermoulu et de clous rouillés. Elle grouille de termites et de tétanos. Personne ne s'en approche jamais. Si bien qu'elle offre exactement les conditions d'isolement dont nous avons besoin.

– Je déclare ouverte la Rencontre des Génies, j'annonce pour signaler le début de la séance.

– Le Sommet des Esprits, rectifie Darvish. On était d'accord pour l'appeler comme ça.

– Mais « Rencontre des Génies » sonne mieux.

– On a voté. Tu as dit que « Sommet des Esprits » l'avait emporté.

– Darvish a raison, intervient Croquette. Sois beau joueur, Rexie !

– C'est vrai, ajoute Aquasinge. J'ai voté pour « Sommet des Esprits ». J'exige que ma voix soit entendue !

– Moiauchi ! baragouine le requin.

– Moi, j'avais proposé « Forum des Fantômes », mais personne n'a aimé, pouffe l'éléphant. Mais ça ne fait rien. « Sommet des Esprits », c'est chouette aussi.

Je suis obligé de céder. Seul le poulet avait approuvé mon choix. Même l'éléphant en forme de cube avait fini par voter pour « Sommet des Esprits ». Je ne suis pas sûr d'aimer ce nouveau venu.

Hier, après que j'ai eu arraché Darvish à son jeu vidéo, l'éléphant nous a raconté son histoire.

Il paraît que ces bêtes-là n'oublient jamais rien, mais ses souvenirs à lui étaient plutôt flous. À en croire son récit, il aurait vu une vague silhouette ouvrir son enclos. Il en est alors sorti et a suivi une piste semée de cacahouètes jusqu'à un gros camion, dans lequel il est entré. Le véhicule a roulé pendant un moment, puis s'est arrêté. Soudain, les parois ont commencé à se resserrer, comme dans un compacteur de déchets. Et, l'instant d'après, l'éléphant était mort et avait la forme d'une boîte.

– Mince alors ! a gémi Croquette avec une grimace. Et moi qui trouvais que j'avais eu une mort horrible !

– Oui, c'est affreux, ai-je reconnu, les yeux fixés sur l'éléphant-cube.

– Ça ? s'est écrié Aquasinge. Ce n'est rien ! Une fois, j'ai glissé sur une peau de banane, j'ai dégringolé du haut d'une falaise et j'ai atterri, tête la première, dans un tronc d'arbre creux. J'ai gardé une forme cylindrique pendant un mois ! À côté de ça, ressembler à un cube, c'est le rêve !

L'éléphant s'est contenté d'en rire.

– Oh, ce n'était pas si terrible ! Je n'ai presque rien senti. J'ai dû m'évanouir de bonheur à cause des cacahouètes. Ça m'arrive de temps en temps. Je raffole des cacahouètes, mais elles me mettent dans un état pas possible. Je deviens complètement cinglé. Malgré tout, je vais vous dire une chose : il ne fait aucun doute que quelqu'un en voulait à ma vie. Alors, je me suis dit que j'avais besoin d'une personne comme toi pour m'aider. D'ailleurs, je constate que je ne suis pas le seul !

– Tu n'as pas vu qui a fait le coup ? ai-je demandé.

– Ben, non, je regrette. J'aimerais pouvoir t'en dire plus. Mais il faisait sombre. Et je me concentrais surtout sur les cacahouètes.

– Je croyais que les éléphants étaient censés être intelligents.

– Mais nous le sommes ! a-t-il riposté. Super intelligents ! Je suis capable de poser mentalement une division. Ce qui, en fait, revient à la décomposer, non ? Je ne sais plus trop. Quant aux numéros de cirque, ne me lance pas sur le sujet ! Tu ne pourrais plus me faire taire !

– Alors pourquoi tu as suivi une rangée de cacahouètes venues de nulle part ?

Il a rougi et détourné le regard.

– Que veux-tu que je te dise ? J'adore les cacahouètes. Je suis victime de ma gourmandise.

C'est pour cette raison que je l'ai baptisé Cacahouète. Et croyez-moi, ce n'est pas exactement un compliment.

Maintenant, vingt-quatre heures plus tard, nous n'avons toujours aucune idée de la façon dont notre nouveau compagnon fantôme s'est retrouvé dans ce triste état.

Je passe en revue notre petite troupe rassemblée autour de la table de pique-nique.

– Je nous ai réunis aujourd'hui parce que nous sommes confrontés à de graves questions relatives à l'éternité.

– Je suis pour ! approuve le poulet.

Je continue :

– Le genre de questions qui nécessite un maximum d'intelligence, de maturité et de concentration.

– Où est-ce qu'on va trouver quelqu'un avec tout ça ? s'inquiète Darvish. Tu crois que Sami Fortépice accepterait de nous donner un coup de main ?

– Je parlais de moi, Darvish !

– Alors nous sommes fichus !

– Objection ! objecte Nugget.

– Objection retenue, je décrète. Voyons, maintenant, que savons-nous au juste ?

– Je ne sais rien ! s'écrie Nugget.

Personne ne lui prête attention.

– Quelqu'un a-t-il de nouvelles informations dont il aimerait nous faire part ? je suggère.

– Le gorille ronfle, nous apprend Croquette. Ça détraque complètement mon cycle de sommeil.

– Tu trouves que tu as des problèmes ? ricane Aquasinge. Essaie un peu de dormir avec un requin-bouledogue de cent cinquante kilos qui te mordille les fesses !

Le requin se borne à lever les yeux au ciel.

– Ça fait mal ? veut savoir Cacahouète. On dirait que c'est très douloureux.

– Naan ! répond Aquasinge. Tu sais ce qui fait vraiment mal ? La piqûre d'une mouche tsétsé. Celle-là peut te brûler pendant des dizaines d'années. À côté, ça, ce n'est rien !

– Je vois, je vois, dit Cacahouète en hochant la tête. Mais pourquoi il s'accroche à toi comme ça ?

– Comment il ferait pour se déplacer, sinon ? réplique le gorille. Il n'a pas de pattes, tu vois bien !

– Très juste.

– J’ai du nouveau, annonce Darvish.

Enfin ! Entendre toutes les pensées insipides qui leur traversent l’esprit n’a rien d’un régal pour les oreilles. J’étais à deux doigts de prendre un fantôme pour taper sur l’autre.

– Jette un œil là-dessus, m’invite Darvish.

Il étale *Le Grand Rapporteur de Morne-Cascade* sur la table. La première page titre en manchette : UN ÉLÉPHANT D’ASIE RÉCEMMENT DISPARU DU ZOO EST RETROUVÉ DANS LE BROYEUR D’UNE CASSE AUTOMOBILE.

– Un broyeur ? je relève.

Darvish frissonne.

– C’est cette énorme machine qu’on utilise dans les casses pour réduire les vieilles voitures en petits cubes métalliques.

Gloups ! Voilà donc ce qui est arrivé à Cacahouète. Celui ou celle qui est derrière tout ça doit avoir le cœur aussi sombre que le derrière d’une panthère noire. Et, pour autant que je sache, la panthère en question devrait faire gaffe à ses miches, car elle pourrait bien être la prochaine victime. Je serre les poings de rage et décide de ne pas laisser une telle chose arriver aux fesses de la panthère. Ni à celles d'aucune autre créature.

– On pourrait peut-être aller voir dans l'enclos des rhinocéros ou celui des éléphants, propose Darvish. Pour chercher des empreintes de pas, des indices ou des trucs comme ça.

Je secoue la tête.

– Je te l'ai dit, il n'y a pas moyen de s'approcher de la scène de crime. L'accès aux enclos est interdit. Il y a un Hobbit terriblement efficace qui surveille les lieux. Franchement, Darvish, si tu veux continuer à être mon comparse, il va falloir que tu sois plus attentif à ce que je dis.

– Je ne suis pas ton comparse.

– S'il te plaît, ne t'écarte pas du sujet. Nous sommes ici à un Sommet des Esprits.

– Il doit y avoir un lien entre tous ces animaux, suggère Darvish.

Nous nous mettons alors tous à nous triturer la matière grise. Nos cerveaux se heurtent les uns aux autres dans un ouragan d'idées. Nos imaginations tourbillonnent, emportées par une tempête d'hypothèses. C'est une véritable Rencontre des Génies. Ou Sommet des Esprits. Ou Forum des Fantômes.

Voici donc le résultat de notre séance, à savoir la liste des choses que Croquette, Aquasinge et Cacahouète ont en commun :

• Ils vivaient tous les trois au zoo.

• Un mystérieux individu a ouvert leur cage ou enclos, juste avant leur fin prématurée.

• Ce sont tous des mammifères.

• Le requin n'est pas un mammifère. Il a insisté pour que cette donnée figure sur la liste. Mais, puisque sa mort est apparemment un effet secondaire – et par conséquent involontaire – du meurtre du gorille, je considère cette remarque comme non pertinente.

• L'éléphant raffole des cacahouètes.

À part ça, il n'y a aucun rapport évident entre eux. Aucune de leurs similarités ne semble avoir d'importance ni justifier leur assassinat. Peut-être avons-nous besoin d'un génie supérieur pour nous donner un petit coup de pouce.

– Que savons-nous d'autre ? je demande.

– Je ne sais rien ! s'écrie Nugget.

Tout le monde l'ignore.

– Je peux te dire que les chaînes de télé s'intéressent beaucoup à l'affaire, dit Darvish. Hier soir, la présentatrice du journal a interviewé le président du conseil d'administration du zoo.

– Et ?

– C'est rapporté là-dedans, précise-t-il en feuilletant le quotidien. Tiens, voilà : « Timothy Creskin, président du conseil d'administration du parc zoologique, attribue au mauvais état des serrures rouillées les évènements dramatiques qui viennent de se dérouler. "La situation est grave, déclare-t-il. J'ai l'intention de poursuivre en justice l'entreprise qui a fabriqué les grilles de notre parc. Les animaux se sont échappés tout seuls, et leurs morts constituent une série d'accidents tragiques mais isolés." »

– Accidents, mon œil ! remarque Croquette.

– Il refuse de fermer le zoo, continue Darvish. Il assure qu'aucun crime n'a été commis.

– Mais nous savons à quoi nous en tenir, dis-je.

– Sauf que nous n'avons pas de preuves, se lamente Darvish. Nous avons besoin de pièces à conviction.

– D'accord. Qu'est-ce qu'un rhinocéros, un gorille et un éléphant peuvent bien avoir d'autre en commun ? je résume. Que savons-nous ?

– Je ne sais rien ! répète Nugget.

Tout le monde fait semblant de ne pas l'avoir entendu.

Pourtant, le poulet a touché le cœur du problème.

Nous ne savons rien.

Dépité, je me tape le front sur la table de pique-nique, risquant du même coup une méchante crise de tétanos.

Je dois avouer que j'aime vivre dangereusement. C'est frustrant, parfois. Et épineux. Mais, malgré l'état désespéré de notre situation et les échardes plantées dans mon front, je me sens d'une certaine manière plus vivant que jamais.

24

Depuis le temps que je parcours le monde, j'ai appris pas mal de choses.

Par exemple, que le calme succède parfois à la tempête.

Qu'il arrive que la nuit devienne encore plus noire juste avant l'aube.

Et que, quelquefois, aux heures les plus sombres, des ténèbres encore plus épaisses peuvent assombrir l'obscurité déjà très profonde, la rendre plus opaque que la nuit la plus noire et étouffer tout espoir. Pour toujours.

Aujourd'hui, c'est une de ces journées. Car aujourd'hui commencent les exposés.

Sami Fortépice prend position devant le tableau, face à la classe. Un sourire se répand sur son visage. Elle est au sommet de sa gloire.

– Les espèces menacées, proclame-t-elle. Par Samantha Fortépice.

Je dois avouer que son exposé est très complet. Ses yeux brillent tandis qu'elle traite de son sujet avec passion. Sa présentation a un petit quelque chose de spécial. Cependant, je m'efforce de ne pas y prêter attention. J'ai d'autres chats à fouetter. Des félins beaucoup plus gros. Genre panthères. Ou tigres.

Pendant que Sami Fortépice nous sermonne à propos des menaces que la destruction de leurs habitats naturels fait peser sur les rhinocéros de Sumatra et les condors de Californie, je pense à Croquette.

Tandis que Sami nous fait la leçon sur les dangers du braconnage qui guettent les tigres de Sibérie et les gorilles des montagnes, je réfléchis au cas d'Aquasinge et de l'appendice en forme de requin attaché à son arrière-train.

Alors que ma camarade de classe nous alerte sur les périls que courent les léopards des neiges, les tortues à bec de faucon, les éléphants d'Asie et les bécasseaux spatules, je m'inquiète pour Cacahouète.

Soudain, l'idée me frappe de plein fouet, avec la force d'un pachyderme cubique de deux tonnes.

Je me tourne vers Darvish.

– Il ne s'agit pas d'un simple rhinocéros. Mais d'un rhinocéros de SUMATRA.

– Hein ?

– Pas juste d'un gorille. Mais d'un gorille des MONTAGNES.

– De quoi tu parles ?

– Pas seulement d'un éléphant, je continue. Mais d'un éléphant d'ASIE !

Je grimpe sur mon pupitre pour paraître plus grand et plus impressionnant.

– LES ESPÈCES MENACÉES ! je braille à tue-tête. OYEZ ! OYEZ ! QU'ON SE LE DISE À TRAVERS TOUT LE PAYS ! J'AI TROUVÉ ! ET VOUS TOUS QUI EN ÊTES TÉMOINS, TREMBLEZ DE CRAINTE ET D'ÉMERVEILLEMENT !

Un silence stupéfait s'est abattu sur la classe. Ce sont des choses qui arrivent quand un type de mon espèce, grandiose et imposant, manifeste sa présence.

J'ai percuté.

J'ai trouvé le lien.

J'ai fait le rapprochement.

Ce sont les ESPÈCES MENACÉES qui constituent la clé de l'énigme.

– REX DEXTER, DESCENDS DE LÀ TOUT DE SUITE !

Sami Fortépice. Juchée sur le bureau de Mme Yardley, elle se dresse au-dessus de moi, pareille à un husky sibérien au pelage auburn. J'ai l'impression d'être un chihuahua face à un dogue allemand. Faisant acte de soumission en présence de ce grand prédateur, je m'empresse de me rasseoir.

Mme Yardley est sidérée. Mais cela ne dure qu'un instant. Un large sourire se dessine sur son visage. Mon trait de génie l'enchante visiblement.

– Sami, dit-elle, je t'accorde vingt points supplémentaires. Continue ton exposé, s'il te plaît. Tu as accompli un travail remarquable.

Sami Fortépice me lance un regard puis, du haut de son perchoir sur le bureau de Mme Yardley, reprend son discours soigneusement documenté.

Face à son autorité naturelle, je me sens intimidé.

Je crois aussi que je suis amoureux.

25

Je n'ai pas le temps de penser à l'amour. Je n'ai pas les moyens d'envisager une intrigue amoureuse. Je ne peux pas me permettre de rêver aux cheveux châtains et à l'attitude positive de Sami Fortépice.

Je viens d'être frappé par un éclair de génie. Une véritable révélation. Une illumination. Il faut que je mette mon comparse au courant.

– J'ai tout compris, dis-je à Darvish.

– Compris quoi ? demande-t-il entre deux bouchées de sandwich au beurre de cacahouète et à la banane. Comment te couvrir de ridicule en plein milieu d'un exposé ?

– Je ne me suis pas du tout ridiculisé. J'ai réalisé une avancée capitale.

– Ne fais pas attention à lui, me conseille Nugget. Tu devrais plutôt me parler, à moi.

– Ouais, vas-y, raconte ! intervient Croquette à son tour. Nous sommes tout ouïe.

Il y a foule à ma table de cantine. Des bruits concernant la saveur inégalée des repas scolaires ont dû circuler parmi mes copains trépassés. Car Nugget, Croquette, Aquasinge et Cacahouète m'ont rejoint à l'heure du déjeuner dans l'espoir de faire main basse sur mon bœufaroni. Seulement, comme on n'est pas mercredi, ce mets ne figure pas au menu de la cafétéria, et ils sont déçus. Ce qui ne les empêche pas de piocher dans mes nachos surprises.

– J'ai trouvé ce que Croquette, Aquasinge et Cacahouète ont en commun, j'annonce à Darvish. Ils appartiennent tous à des espèces menacées.

– Mais c'est bien sûr ! s'exclame mon meilleur ami.

J'arbore le sourire de la victoire.

– Quelqu'un est en train d'éliminer les espèces en danger.

– Je t’avais bien dit que j’étais rare, rappelle Croquette.

– Pas aussi rare que moi ! rétorque Aquasinge. Je suis pratiquement inexistant !

– Waouh ! commente Cacahouète. Bien joué ! Hé, faites passer la salsa, si ça ne vous ennuie pas.

– L’article du journal a effectivement mentionné qu’ils étaient rares, remarque Darvish. Mais je n’avais jamais fait le rapprochement !

– Ce n’est pas ta faute, je le rassure. Tout le monde ne peut pas avoir l’intelligence exceptionnelle d’un génie méconnu.

– Ouais, approuve Darvish. Heureusement qu’on a Sami Fortépice dans notre classe !

Je lâche un soupir.

– Je serais parvenu à cette conclusion par moi-même, dis-je. Mais j’admets que son exposé a pu, sans le vouloir, m’orienter dans la bonne direction.

– C’est généreux de ta part de le reconnaître, glousse Darvish. Tu devrais le lui dire.

– Je ne voudrais pas lui donner la grosse tête. Soyons honnêtes, personne n’a envie de porter un tel fardeau. Mais si, un jour, l’occasion s’en présentait, je pourrais lui faire savoir combien son exposé m’a plu.

– Eh bien, prépare-toi, me prévient Croquette. Parce que la voilà qui arrive !

En effet. Sami Fortépice s'avance vers notre table d'un pas désinvolte. Pas gênée pour un sou, elle s'assoit juste à côté de moi. Et se laisse tomber en plein sur mon poulet !

Ou, plutôt, à travers mon poulet.

Je ne suis pas sûr de la préposition qu'il faut utiliser quand on parle de volaille fantôme.

– Salut, Darvish, dit-elle. Salut, Rex.

– Salut, Sami, répond Darvish.

– Euh..., je bredouille.

– Vous avez aimé mon exposé ? demande-t-elle.

– C'était formidable ! déclare Darvish. Rex me disait justement que ç'a été une vraie révélation pour lui. Pas vrai, Rex ?

– Euh...

– Brrrr, frissonne Sami. Il fait froid ici.

– Comme tu dis, jubile Darvish, qui, à mon avis, savoure un peu trop cet instant. Hein, Rex ?

– Euh...

Évidemment, Sami a froid. Elle grelotte, car sa chaise est occupée par le spectre d'un poulet. Les frissons qui la traversent résultent de sa soudaine proximité avec l'au-delà.

Sauf qu'elle ne sait rien de tout cela. Et c'est tant mieux. Je me racle la gorge et m'apprête à lui suggérer de trouver un siège dans un endroit plus chaud et moins encombré de volaille. Mais ma voix me lâche. Car, juste à ce moment-là, Sami prononce des paroles que personne, et je dis bien personne, n'aurait pu prévoir.

– Rex, ça te dirait d'aller au Bal Enchanté avec moi ?

– Euh..., je réponds.

– Euh..., je répète.

– Euh..., dis-je une troisième fois.

En tout cas, j'ai de la suite dans les idées.

– Je crois que le mot que tu cherches est « oui », me souffle Sami.

Je m'éclaircis la voix.

– D'accord.

– Parfait, sourit-elle. Ma mère et moi viendrons te chercher samedi soir, à sept heures pile. Ne sois pas en retard.

Là-dessus, elle se lève et ramasse son plateau chargé de nachos surprises.

– Au fait, précise-t-elle. Je porterai une robe turquoise. Au cas où tu voudrais m'offrir un bouquet de corsage assorti.

Et elle s'éloigne en trottinant.

– Oh ben..., bafouille Cacahouète. Ben, ça alors !

– Je le crois pas ! s'exclame Croquette.

– C'est pourtant vrai ! affirme Nugget. Mon meilleur pote attire les poulettes comme un aimant. Vous pouvez me faire confiance, je m'y connais en poulettes !

– Cool ! se réjouit Aquasinge. Tope là, camarade !

Mais je ne lui tape pas dans la main. Je reste cloué sur ma chaise, muet. Absorbé dans la contemplation de l'univers et de ses nombreux mystères.

– Ça va, mon pote ? s'inquiète Darvish au bout d'un moment.

– Darvish, je viens de résoudre une énigme majeure de l'existence. J'ai joué à un jeu de hasard avec la Mort elle-même et je suis encore là pour en témoigner. Je suis ami avec un rhinocéros et je compte un requin parmi mes copains. Alors, tu penses si je vais bien !

– Bon, bon, d'accord.

– Il y a juste une question qui me tourmente. Une interrogation qui continue de hanter mon esprit déjà surmené.

– Ouais ?

– Qu’est-ce que ça peut bien être, un bouquet de corsage ?

26

J'ai dû avoir un instant d'égarement pendant le déjeuner.

Darvish a eu la gentillesse de m'informer des détails les plus flous. Apparemment, je me suis engagé à aller au Bal Enchanté. Avec Sami Fortépice.

Cette journée m'a déjà fait traverser de véritables tempêtes émotionnelles, entre euphorie de la victoire et confusion déstabilisante. Et pourtant, de toutes les énigmes impénétrables que recèle l'univers, c'est au beau milieu de la plus déconcertante que je me retrouve à présent.

Le cours de gym.

Soyons clair : je possède de multiples atouts.

Je suis capable de nommer toutes les races de chiens connues de l'homme.

Malgré ce que vous avez pu entendre dire, je suis très mature pour mon âge.

Mon type de beauté un peu sauvage a vraiment quelque chose d'unique.

Cependant, vous remarquerez que je n'ai pas mentionné mes talents dans le domaine de la balle au prisonnier.

Tout simplement parce qu'ils sont inexistants. Ou du moins ils l'étaient jusqu'à aujourd'hui.

Aujourd'hui, il m'est impossible de rater le ballon.

Aujourd'hui, je suis le roi du terrain de sport.

Aujourd'hui, les garçons aimeraient être à ma place et les filles avec moi.

Et tout cela, grâce à mon arme secrète.

Mon arme secrète consisterait-elle en une réserve jusqu'ici inexploitée de capacités athlétiques ? Non.

Mon arme secrète résiderait-elle dans mon attitude optimiste face à l'adversité ? Pas vraiment.

Mon arme secrète viendrait-elle du fait que j'ai été, contre toute attente, invité à une fête par une fille ? Pas du tout.

Mon arme secrète, la voici : j'ai quatre amis invisibles sur le terrain. Cinq, si l'on compte le requin. Ils envoient la balle là où je veux qu'elle aille. Ils ne se sont jamais autant amusés de leur vie... euh... de leur mort.

Je lance le ballon, qui part comme une fusée. À vrai dire, je me rapproche plus de la catapulte que du lance-missiles. En fait, je serais plutôt une fronde. Mais peu importe. Cacahouète fait rebondir le projectile sur son derrière cubique et en frappe Jason Kramer en pleine tronche. Jason pousse un hurlement de douleur et se dirige en titubant vers les gradins.

Croquette défend l'autre extrémité du terrain.

– Vas-y, Rex ! crie-t-elle. Je suis prête. Envoie la prochaine de mon côté !

Aquasinge se tient juste à côté de moi pour protéger mes flancs. Ce qui explique peut-être pourquoi je n'ai pas été touché une seule fois. Il en profite pour me raconter qu'un jour des chimpanzés lui ont jeté 370 poignées de caca de singe et qu'il les a toutes esquivées sans même bouger d'un poil. Il commence vraiment à me plaire, ce gorille.

Nugget court dans tous les sens comme un fou, braillant « BANZAÏ ! » tout en faisant des croche-pieds aux joueurs adverses.

– Comment tu as fait pour devenir si fort en sport ? s'étonne Darvish.

Visiblement, personne ne se doute de la présence de mon équipe de soutien. Je suppose que les gens ne voient que ce qu'ils veulent bien voir. Aux yeux des simples mortels, je dois paraître vraiment doué pour ce jeu. Je pourrais très vite m'habituer à cette idée.

– Disons que je reçois un petit coup de patte de l'au-delà, je chuchote à mon meilleur ami.

Darvish plonge dans mon aura protectrice pour éviter une balle perdue.

– C'est de la triche, Rex ! s'indigne-t-il. Tu n'as pas le droit de te servir d'animaux morts pour gagner une partie. C'est contraire aux règles du jeu !

J'aimerais bien savoir où c'est écrit dans le règlement.

– De quoi tu te plains ? je lui crie. On gagne, pour une fois !

La victoire me rend dingue. Je ne sens plus ma force. Une balle ricoche sur la poitrine d'Aquasinge et rebondit dans ma direction. Je la saisis au vol et la propulse avec la puissance d'un bazooka.

La balle part complètement de travers. Mais quelle importance ? D'un coup de tête, Croquette la projette droit vers Holly Creskin, en plein sur son badge de l'OUPLA.

Et c'est alors qu'elle me frappe. Pas la balle. Mais une inspiration soudaine.

Je me tourne vers Darvish.

– Nous devons découvrir qui a intérêt à éliminer les espèces menacées, n'est-ce pas ?

– Pas forcément, répond-il. Si on ne résout jamais cette affaire, tes copains pourraient rester avec nous et nous aider à remporter les championnats du monde de balle au prisonnier.

Mon meilleur ami a déjà eu des idées bien pires.

– Disons quc ce sera le plan B, je décide. En attendant, nous voulons savoir qui essaie de les exterminer, pas vrai ?

– Oui, convient-il.

– Alors, qui sont les ennemis des espèces en danger ?

– Chais pas.

– Exactement ! je souligne. Et qui peut bien le savoir ?

– Chais pas.

– Une association qui se consacre à la protection des espèces menacées, voilà qui !

– Je me suis déjà pris une balle sur le crâne aujourd'hui, remarque Darvish, esquivant de justesse un tir bien ajusté. Tu essaies de me donner encore plus mal à la tête ?

– Je sais où nous pourrons trouver plus d'informations.

Je jette un coup d'œil vers Holly Creskin, qui sort du terrain en clopinant. Darvish suit mon regard.

– Il est temps d'aller à une réunion de l'OUPLA.

– BANZAÏ !!!

Le capitaine de l'équipe adverse trébuche sur Nugget et s'affale par terre de tout son long.

Ce spectacle me réchauffe le cœur. Vraiment.

27

Si au moins Croquette était aussi vigilante qu'elle est douée pour faire des têtes à la balle au prisonnier ! Elle aurait pu voir son agresseur au zoo.

Si seulement mon gorille avait su rester dans sa cage aussi bien qu'il sait intercepter les balles perdues ! Il pourrait être en sécurité chez lui, sans requin pendu aux fesses.

Si au moins mon éléphant avait autant de facilités pour rejoindre l'au-delà que pour prendre la forme d'un cube ! Il aurait pu aller au paradis des cacahouètes au lieu de me suivre partout.

Mais ce n'est pas le cas.

Et c'est pour cela qu'ils ont besoin de moi.

Voilà pourquoi je me retrouve à passer ma soirée du mardi dans les locaux du Club des Wombats, à assister à un meeting de l'Organisation Unifiée pour la Protection et la Liberté des Animaux. Désormais forte de mille membres.

Ces gens-là doivent avoir une sacrée méthode de recrutement. Je ne sais pas trop en quoi elle consiste, mais je suis pratiquement sûr que distribuer des cookies et offrir du punch lors de leurs réunions n'en fait pas partie. Car, pour l'instant, on ne m'a proposé ni petits gâteaux ni boisson. Ce qui n'est pas génial comme stratégie, même si ça semble bien fonctionner pour eux.

Holly était trop contente à l'idée de nous emmener, Darvish et moi, à ce meeting de l'OUPLA. Mes récents exploits à la balle au prisonnier y sont sans doute pour quelque chose. Ou alors c'est dû à cette sauvage beauté que j'ai évoquée tout à l'heure.

Seulement, Darvish s'est dégonflé. Je l'ai appelé à plusieurs reprises cet après-midi.

Pas de réponse. On se demande bien à quoi lui sert d'avoir un portable ! Au bout du quatorzième appel, j'ai enfin reçu un texto de sa part. Il prétend que, ce soir, il doit aller rendre visite à sa grand-mère dans sa maison de retraite.

Ça m'étonnerait. Il est évident qu'il veut se cacher derrière un dévouement exemplaire envers les personnes âgées. Mais on ne me la fait pas, à moi.

En réalité, il a peur de Holly Creskin.

Après l'école, j'ai proposé à Darvish d'inviter quelqu'un pour se rendre à la fête avec lui. Holly Creskin, par exemple. Comme ça, il ne serait pas obligé de rester tout seul chez lui, comme un pauvre type, le soir en question. Sans compter qu'ainsi j'aurais mon comparse sous la main au cas où les choses tourneraient bizarrement avec Sami Fortépice. Ce qui risque bien d'arriver. Je ne sais pas trop comment ça se passe dans les soirées dansantes, mais je soupçonne qu'on doit y danser.

Darvish n'a pas aimé ma proposition.

Je comprends ses inquiétudes. Holly Creskin se met des tonnes de parfum et elle a une obsession malsaine pour les licornes. Il n'empêche que, malgré l'absence de Darvish, je me sens engagé vis-à-vis de mes défunts compagnons. Si bien que me voilà assistant à une réunion de l'OUPLA, en compagnie de

Holly Creskin, l'amie des licornes. Essayant d'écouter Talon Forgepré.

– Tu vois ? Je t'avais bien dit qu'il était grand, me rappelle Holly pour la douzième fois de la soirée.

Lorsque j'ai vu Talon Forgepré au centre commercial TentaFolies, j'avoue que je ne l'ai pas particulièrement observé. À présent, je le scrute avec attention. Il est légèrement plus grand que la moyenne. J'ai peut-être mal interprété les paroles de Holly. Peut-être que, pour elle, « grand » est un nom de code pour signifier « séduisant ». Auquel cas, oui, je ne peux nier que les yeux bleu cristal de Talon sont assez ravissants.

– Il a l'air tellement passionné quand il parle des dangers qui menacent la vie sauvage, murmure-t-elle. J'adore ça !

– Tais-toi, je chuchote. J'essaie d'entendre ce que dit ton petit copain.

Holly Creskin fond en petits gloussements étouffés, ce qui me permet de me concentrer sur ma mission.

Talon Forgepré, lycéen de grande taille aux yeux bleu cristallin, préside l'assemblée. Il brandit bien haut une sorte de prospectus publicitaire.

– Pour conclure, clame-t-il, j'ai une mauvaise nouvelle à vous annoncer. Le Grand Bazar du Cuir Exotique de Bob le Louf a recommencé à vendre des pyjamas en peau de serpent.

– Boooh ! protestent les membres de l'OUPLA.

– Vous avez raison de vous indigner, car c'est scandaleux, déclare Talon. Alors, limitons nos achats dans ce magasin et montrons à Bob le Louf et aux autres individus de son espèce qui nous sommes à l'OUPLA ! Et que nous ne plaisantons pas !

– Hourra ! rugissent les adhérents de l'association.

Talon baisse le bras et survole l'assemblée du regard.

– Voilà qui clôt notre réunion mensuelle. Quelqu'un a-t-il des questions ?

Mon heure est venue. Je lève la main.

– Oui, le petit gamin dans le fond ? dit-il, un doigt pointé vers moi.

Le petit gamin ? Je saute sur ma chaise d'un mouvement ample et intimidant, pour des raisons qui devraient vous paraître évidentes depuis le temps.

– Et les animaux qui se font tuer au zoo ? je crie.

Talon secoue la tête et prend une inspiration profonde. Il est visiblement désemparé. Ça se comprend. Lui, le roi des écolos et des amis des bêtes, toutes ces morts ont dû sérieusement perturber son petit cœur sensible.

– Oui, c'est vraiment une horreur, reconnaît-il. Une horreur horrible, terrible et horrible.

Il se tord les mains de désespoir.

Super ! Je l'ai rendu incapable de construire une phrase cohérente. Mais je demeure implacable dans ma recherche de la vérité, de la justice et des valeurs de l'Amérique. Je décide d'enfoncer le clou.

– Oui, c'est horrible. Et terrible. Et, encore une fois, horrible. Mais est-ce que l'OUPLA dispose d'autres informations à ce sujet ?

Talon Forgepré se redresse et tente de faire bonne figure.

– La position officielle de l'OUPLA est que nous sommes contre la mort de ces animaux.

– Hourra ! braillent ses partisans.

– Et s'il ne s'agissait pas de simples morts ? j'insiste. Si c'était des meurtres ?

À cette idée, Talon Forgepré devient tout pâle.

– Qui donc aurait pu se rendre coupable d'une chose aussi horrible, terrible et horrible ? je continue.

Il se met à marcher nerveusement de long en large. Il est clair que j'ai ébranlé sa nature délicate.

– Ça m'étonnerait que ce soit Bob le Louf, décide-t-il. C'est certainement une entreprise malfaisante. Ou des personnes malintentionnées. Je n'aime pas émettre des suppositions sans savoir, mais, qui que ce soit, nous sommes contre.

– Hourra ! beuglent les militants de l'OUPLA.

Seulement, si je tiens à faire toute la lumière sur cette affaire, j'ai besoin que ce type avance des hypothèses, que ça lui plaise ou non.

– Mais QUI ? j'aboie. Qui voudrait faire disparaître des espèces menacées ?

Talon Forgepré promène son regard autour de lui, comme si la réponse était un secret qu'il n'était pas sûr de vouloir partager. Puis il fait un pas en avant et lâche :

– Je parierais que c'est ESB.

– ESB ? fulminent les sympathisants de l'OUPLA.

– Enclos Sans Barreaux, précise Talon Forgepré. La société dirigée par cette femme.

Il agite en l'air une brochure d'ESB sur laquelle on voit la photo d'une femme entre deux âges.

– Elle s'appelle Hautaine Snobinette. Son entreprise est, en ce moment même, en négociation avec le zoo pour remplacer toutes les cages par des enclos en plein air.

– Des enclos en plein air, je répète. Vous croyez que c'est une bonne idée ?

– Enfermer les animaux dans des enclos n'est jamais une bonne idée, décrète Talon Forgepré.

– Ouais ! tonnent les OUPLAiens.

– Si ce marché avec le zoo de Morne-Cascade est conclu, ESB gagnera des millions de dollars grâce aux travaux du parc. Aux dépens des animaux !

– C'est de l'exploitation ! vocifère Holly.

– Vous avez tout à fait raison, mademoiselle Creskin, approuve Talon. Si ESB parvenait à ses fins, toutes les espèces en danger du monde seraient parquées dans ses coûteux enclos en plein air. Nous, nous croyons que la place des animaux est dans la nature.

– Hourra ! hurlent les partisans de l'OUPLA.

– Comme vous dites, hourra ! acquiesce Talon Forgepré. On dirait que la disparition de ces pauvres bêtes est exactement ce qu'il fallait pour inciter le zoo à signer ce contrat. Et qui a tout à gagner de leur mort ? Enclos Sans Barreaux, bien sûr ! Mais nous, à l'OUPLA, nous désapprouvons ESB et ses objectifs mercantiles !

– Hourra ! crient les adhérents.

Eurêka ! je m'exclame intérieurement. Je commence à y voir plus clair.

– Je vous encourage donc à continuer de recruter de nouveaux membres, poursuit Talon. Nous nous reverrons à la réunion du mois prochain.

Je me penche vers Cacahouète, coincé sur quatre sièges vides derrière moi. Puisque Darvish n'est pas venu m'accompagner, j'ai mobilisé l'éléphant pour qu'il me soutienne moralement.

– La personne que tu as vue dans l'obscurité, celle qui a ouvert ta cage ? Est-ce que ça pourrait être cette femme, Hautaine Snobinette ?

– Ah ben... c'est difficile à dire. Il faisait très sombre. Et je ne faisais attention qu'aux cacahouètes.

Jusqu'ici, l'éléphant a échoué dans sa mission.

Malgré tout, cette soirée n'a pas été inutile. Nous tenons un suspect évident. Hautaine Snobinette. Même son nom sonne maléfique. Si on pouvait prouver, d'une manière ou d'une autre, qu'elle est responsable de cette série de carnages, toute ma bande d'animaux trépassés serait tirée d'affaire.

La plupart des membres de l'OUPLA quittent la salle. Je n'ai toujours pas eu le moindre biscuit à me mettre sous la dent. Je me dirige nonchalamment vers le fond de la salle dans l'espoir de dénicher un plateau de petits-fours oublié dans un coin.

– C'est cette personne-là ! murmure une voix douce derrière moi.

Un frisson me secoue le dos. Je fais volte-face et me retrouve nez à nez avec un panda femelle. Sa fourrure est tout hérissée, comme si elle venait de perdre un combat contre une prise de courant. Une vapeur verdâtre flotte autour d'elle. Tranquillement assise sur une chaise pliante, elle mastique un cookie.

La situation devient incontrôlable. Me voilà avec un fantôme de plus sur les bras ! Et, pire que tout, ce panda a trouvé un petit gâteau, et pas moi.

– Qu'est-ce que tu as dit ? je lui demande.

– C'est l'être humain qui m'a tuée, répète-t-elle en pointant une griffe.

Je suis des yeux la direction de sa patte accusatrice. Elle désigne la photo de Hautaine Snobinette, que Talon Forgepré tient à bout de bras entre Holly Creskin et lui. Sans doute pour se protéger des tentatives de séduction éhontées de ma camarade de classe.

Je me retourne vers la femelle panda. Elle est mignonne à croquer. Et pourtant, malgré son adorable frimousse de nounours, je prends une fois de plus conscience d'une dure réalité : ce panda est mort. C'est une nouvelle victime qui m'est apparue. Je sens ma poitrine se serrer. Peut-être le sort cruel de ces pauvres créatures commence-t-il à rendre mon cœur aussi tendre que celui de Talon Forgepré.

Cependant, même avec mon cœur ramolli, je ne peux m'empêcher d'éprouver un sentiment de victoire. Car ce panda a été capable de faire ce qu'un rhinocéros, un gorille et un éléphant n'ont pas réussi avant lui : identifier son assassin.

Pour autant, il reste une réponse à trouver. Un mystère qui pourrait être la clé de tout le reste. Une énigme dont la solution permettrait de révéler beaucoup de secrets. Et je suis le seul à avoir le courage de poser la question qui s'impose.

Je m'approche du panda et lui demande :

– Où tu l'as trouvé, ton cookie ?

28

On dirait que, depuis quelque temps, chaque fois que je retourne dans ma chambre, je traîne un animal défunt dans mon sillage.

Or, ce soir, au moment où je rentre, mes autres compagnons trépassés sont en train de se faire une manucure avec du vernis à ongles qu'ils ont dérobé à ma mère.

– Je peux entrer ? je demande.

– Tu es chez toi, répond Croquette.

– Enfin, je ne voudrais pas vous déranger pendant... comment vous appelez ça, au juste ?

– Une séance de remise en beauté, annonce Nugget.

– Qu'est-ce qu'on s'amuse ! remarque Cacahouète, qui s'est mêlé aux réjouissances.

– C'est le poulet qui en a eu l'idée, reconnaît Aquasinge.

– Il faut bien passer le temps, glousse Nugget. C'est long, l'éternité !

– Au début, j'avais quelques doutes, avoue le gorille. Mais finalement je trouve ça super relaxant.

Il a peint ses ongles en Bleu Lagon – ce qui, je dois l'admettre, fait ressortir ses yeux – et mâchonne des truffes en chocolat. Également piquées à ma mère.

Pendant le trajet jusqu'à la maison, le panda m'a tout raconté sur les circonstances de sa mort. Écouter les horreurs de cette fin tragique, sur le siège arrière de la Creskin-mobile – et cela sans vendre la mèche auprès de Holly ou de sa mère –, n'a pas été une mince affaire. Mais j'ai appris à dissimuler mes émotions aux mortels qui m'entourent derrière une façade de froide indifférence.

Voici donc l'histoire du panda : un peu plus tôt dans la soirée, quelqu'un a ouvert sa cage et l'a fait sortir. Puis ce même individu l'a attaqué avec un Taser, ce qui explique sa coiffure en pétard et son statut de trépassé.

Je ferme la porte de ma chambre et appelle Darvish pour une téléconférence. Pour les non-initiés, cela veut dire que je lui téléphone. Il n'est pas censé recevoir de coups de fil après vingt et une heures, mais la situation est critique.

– Qu'est-ce qui se passe, Rex ? ronchonne-t-il. Tu sais bien que je n'ai pas le droit de répondre au téléphone si tard.

– Je te mets sur haut-parleur, Darvish, je le préviens.

Et pour ouvrir cette séance de la Rencontre des Génies j'annonce la présence parmi nous d'un panda mort.

– Un panda ? grogne-t-il. Comment se fait-il que je ne sois pas étonné ? Et, d'abord, le terme correct est « Sommet des Esprits ».

– Je dois aussi t'informer que ma chambre a été transformée en salon de manucure.

– En institut de beauté, rectifie Croquette. Ça se voit, non ?

– Pourquoi tu m'appelles, Rex ? pleurniche Darvish à l'autre bout du fil. Je vais encore avoir des ennuis à cause de toi.

– Si tu n'étais pas allé te balader avec ta mamie, tu le saurais, je rétorque.

– On ne s'est pas baladés ! Elle a quatre-vingt-douze ans. Elle ne se balade plus !

– Fais un effort pour ne pas te disperser, Darvish ! je lui ordonne. La situation est désastreuse, sinon je ne te téléphonerais pas. Et les situations désastreuses ont la priorité sur les règles arbitraires imposées par tes parents. Je ne veux pas me montrer brutal, mais c'est ainsi que fonctionne le monde. Plus tôt tu l'accepteras, mieux ça vaudra.

Darvish pousse un soupir vaincu.

– Qu’est-ce qu’il y a ?

Je me tourne vers le panda.

– Dis-leur.

Le panda balaie la chambre des yeux.

– Je sais qui nous a tués.

– Ça alors ! s’exclame Nugget.

– Ça alors ! s’étonne Croquette.

– Ça alors ! s’écrie Aquasinge.

– Ça alors ! souffle Cacahouète.

– Chawaloch ! marmonne le requin.

– Ça alors, comme vous dites, je confirme.

– Il se passe quoi, là ? s’impatiente Darvish. Tu sais bien que je ne peux pas les entendre !

– Oh, désolé !

Je n’arrête pas de faire ça, je n’y peux rien. Avoir affaire à quelqu’un qui n’est pas sur la même longueur d’onde que soi peut se révéler difficile parfois.

– Le panda sait qui l’a tuée.

– Qui a tué qui ?

– Elle. Le panda.

– Tu en es sûr ?

– Elle a reconnu son assassin.

Je lance un regard vers la femelle panda pour réclamer son soutien, mais elle est absorbée par le choix d'une nouvelle couleur de vernis à ongles. Elle a eu une dure journée. Peut-être une manucure est-elle juste ce dont elle a besoin pour lui remonter le moral.

Je reprends ma conversation avec Darvish :

– C'est quelqu'un qui s'appelle Hautaine Snobinette.

– Ça alors ! fait Darvish.

– Comme tu dis.

– La présidente d'ESB ?

– Comment tu connais Enclos Sans Barreaux, toi ?

– Il m'arrive de lire, Rex, réplique-t-il. Cette société travaille avec le zoo. Tu te souviens de mon article que tu as lu en classe ?

– Je me rappelle avoir lu *un* article, je rectifie. Mais, si mes souvenirs sont exacts, la propriété effective de celui-ci faisait débat.

– Si tu veux. Enfin, bref, il disait que Hautaine Snobinette travaillait comme consultante pour le zoo. Ce qui veut dire qu'elle y a accès comme elle veut.

Ce garçon a mis le doigt sur quelque chose.

– Ça me coûte de l'admettre, mais tu as raison, je conviens. Hautaine Snobinette avait le mobile et les moyens d'entrer dans le zoo.

– Pourquoi ça te coûte de l'admettre ? demande Darvish. J'ai raison les trois quarts du temps. Minimum.

Je n'ai pas une minute à perdre à dorloter le petit amour-propre de Darvish. Un panda électrifrit aux griffes couleur Fruit de la Passion me tire par la manche. Je dois reconnaître que la qualité du service dans cet institut de beauté est remarquable.

– On doit arrêter l'assassin, Rex, insiste le panda. Sinon Kou Kou risque d'être la prochaine victime.

– Elle dit que Kou Kou pourrait être la prochaine victime, je répète pour Darvish.

– Qui, elle ?

– Elle, le panda ! je m'énerve. Reste concentré, Darvish !

Je me tourne vers le panda.

– Qui est Kou Kou ?

– L'autre panda, répond Darvish. Je viens de regarder sur Internet. Mei Mei et Kou Kou sont les deux pandas géants du zoo. Et, Rex...

– Quoi ?

– Si c'est Mei Mei qui est avec toi...

– C'est la femelle.

– Comment tu le sais ?

– Parce qu'elle porte une jupe.

– Ah bon ?

J'y crois pas !

– Non, Darvish ! C'est parce qu'elle a une voix de fille. Essaie de suivre !

– Oui, bon. Ça veut donc dire que Kou Kou est le dernier.

– Le dernier quoi ?

– Le dernier représentant des espèces menacées du zoo de Morne-Cascade.

Un silence s'abat sur la petite bande. Les pinceaux des flacons de vernis s'arrêtent net.

– Comme ça, c'est réglé, remarque Aquasinge en soufflant sur ses ongles. Ça pourrait être notre dernière chance de flanquer une bonne correction à celui ou celle qui est derrière tout ça !

– Tu as raison, j'approuve.

– Je te l'avais dit, souligne Darvish, j'ai raison soixante-quinze pour cent du temps.

– Pas toi, je précise. Aquasinge !

– Il a raison à propos de quoi ? Combien de fois il faudra que je te le répète : JE NE LES ENTENDS PAS !

Je grimpe sur mon lit, triomphant.

– Nous allons infiltrer le zoo, je proclame. Nous sauverons Kou Kou et arrêterons le coupable une bonne fois pour toutes !

– Et qu'est-ce que tu fais du gardien ? s'inquiète Darvish.

– On s'en occupera le moment venu. On a un panda à sauver !

Mon plan est parfait. Minutieux. Astucieux. Implacable.

– Hourra ! applaudit Nugget. On va refaire une sortie au zoo !

Le poulet se met à sautiller de joie, aspergeant mon oreiller de vernis Orange Coquin.

Je secoue la tête, agacé. Après, on se demande pourquoi je ne peux pas avoir de jolies choses dans ma chambre !

29

Il se trouve qu'il est impossible de jeter un oreiller dans les toilettes.

– Techniquement, ce n'est pas ma faute, j'argumente.

– Mais qu'est-ce que tu as fait ? tempête mon père, qui patauge dans l'eau jusqu'aux chevilles.

J'ai essayé de me montrer responsable, voilà ce que j'ai fait !

D'abord, je savais que mes parents piqueraient une crise à la vue des taches de vernis à ongles sur les meubles de ma chambre. En me débarrassant de l'oreiller du délit, je leur évitais chagrin et douleur. Et d'une !

Ensuite, j'aurais été obligé d'expliquer la présence de ces éclaboussures de vernis. Or, je commence à être à court d'excuses bidon. Et puis, il y avait le risque qu'on découvre la présence de mes hôtes d'outremonde. Personne n'avait rien à y gagner. J'ai donc assumé la responsabilité des bouffonneries de mon poulet écrabouillé et tenté d'éliminer la pièce à conviction. Et de deux !

Sans compter que, si l'oreiller avait fini dans la fosse septique au lieu de rester dans ma chambre, mon père n'aurait pas eu à le nettoyer. Et de trois !

Sauf qu'il y a un hic – un tout petit minuscule –, que personne, et je dis bien personne, n'aurait pu prévoir. En réalité, il est impossible de faire disparaître un oreiller dans les toilettes.

Mon père effectue quelques exercices de respiration, qui semblent totalement contre-productifs. Éponger le sol serait beaucoup plus utile.

– Ne te fais pas de reproches, je lui dis pour le réconforter.

– Quoi ?

– C'est vrai, on n'en serait pas là si tu avais investi dans un système d'évacuation de meilleure qualité au lieu de cette camelote.

– Sors d'ici, s'il te plaît, me souffle-t-il, les yeux pleins de larmes.

Le pauvre ! Il est si dur avec lui-même parfois.

Avant de partir, je lui fais cadeau de quelques paroles de sagesse en guise d'encouragement :

– Il ne faut jamais lésiner sur la plomberie.

Un principe de vie, en quelque sorte. Rien qu'à voir la veine qui palpite à son front, je devine qu'il le sait déjà.

Voilà le genre de pensées visionnaires dont je m'efforce d'imprégner ma vie. Le type de raisonnement rigoureux qui ne peut que condamner mon plan d'infiltration du zoo à un succès éclatant.

30

Il existe des crapules de toutes sortes.

Certaines sont dotées de tentacules mécaniques.

D'autres ont eu le visage rongé par de l'acide lorsqu'elles étaient enfants et camouflent leurs brûlures sous un maquillage de clown.

À d'autres encore, il manque la moitié de la tête.

Hautaine Snobinette fait partie de ces dernières. Darvish a imprimé une photo d'elle, qu'il a trouvée sur Internet, et l'a apportée à l'école. Hautaine Snobinette ferait bien de renvoyer son photographe. Car voici à quoi elle ressemble :

Comme vous pouvez le voir, elle est tout à fait du genre à commettre les crimes dont on l'accuse. Avoir ainsi la moitié du visage effacé pousserait n'importe qui à en vouloir au monde entier.

– Je suis tombé en panne d'encre, se justifie Darvish. C'est pour ça qu'elle a cette tête-là.

Hautaine Snobinette pourra en rejeter la faute sur l'imprimante de mon meilleur ami autant qu'elle le voudra, une chose est indéniable : cette femme a l'air capable de tout.

– Je n'ai toujours pas compris, continue Darvish. Comment on va faire pour l'attraper ?

Je pousse un soupir exaspéré de patience infinie.

– Facile, j'explique. On va au zoo après l'école. On se cache quelque part jusqu'à la fermeture. On prend la coupable sur le fait, on révèle ses crimes au grand jour et on sort vainqueurs de toute cette affaire.

Parfois, j'oublie que l'évidence ne saute pas toujours aux yeux des gens et qu'il faut leur mettre les points sur les i. Si j'ai un défaut, c'est celui-là.

– Mais *comment* on va l'arrêter, exactement ? insiste Darvish. Une fois cachés, qu'est-ce qu'on *fait* ?

– On improvisera.

C'est un plan excellent. Je ne vois pas ce qui empêche encore Darvish de l'approuver pleinement.

– Mais si quelqu'un nous surprend à l'intérieur du zoo après les heures d'ouverture ?

– Ne t'inquiète pas, Darvish. Je peux compter sur de gros poings lourds pour nous protéger.

– Tu veux dire des poids lourds, non ?

– Tu veux y goûter, à ces gros poings lourds ?

– Non.

– Moi non plus. Alors, s'il te plaît, arrête de me contredire. Je te parle de poings de gorille. Donc, quand je dis « gros poings lourds », sois tranquille, je sais de quoi je parle.

Mais Darvish a repéré une autre faille dans ce qui est, à part ça, un stratagème infaillible.

– Je n'ai pas le droit de rester dehors si tard, proteste-t-il.

– Tu n'as qu'à dire à tes parents que tu dors chez moi. Ce que tu feras, d'ailleurs. Une fois que nous aurons gagné. Tu n'auras donc pas à mentir.

J'ai encore du pain sur la planche pour former mon comparse. Il n'a pas l'air de comprendre que l'urgence d'une situation l'emporte toujours sur les règles en vigueur.

– Au fait, dis-je, ton idée d'inviter Holly Creskin au Bal Enchanté n'est peut-être pas très judicieuse.

– Quoi ? s'étrangle Darvish. Je te rappelle que c'est ton idée, pas la mienne !

– Pas la peine de chipoter sur les détails, Darvish. Je sais que les peines de cœur sont douloureuses, mais tu devrais essayer de te la sortir de la tête.

Il lève les yeux au ciel.

– De quoi tu parles ?

Je décide de le ménager.

– Il y a un garçon au lycée, un certain Talon Forgepré, qui se bat pour gagner son cœur. Il est grand. Et irrésistible. Et il a les yeux clairs, du même bleu qu'un glacier par une froide nuit de décembre. Tu ne peux pas espérer rivaliser avec ça.

– Je n'essaie pas de rivaliser ! siffle-t-il entre ses dents. Je n'aime pas Holly Creskin.

– Bien dit ! je le félicite en lui tapotant le bras.

Mme Yardley se racle bruyamment la gorge.

– Vous aimeriez peut-être vous joindre au reste de la classe pour écouter l'exposé de Jason, tous les deux ? propose-t-elle. À moins que vous ne préfériez une autre retenue ?

Encore une qui semble incapable d'envisager un projet grandiose. Mme Yardley ne s'aperçoit même pas qu'une Rencontre des Génies se tient juste sous son nez. Elle devrait se sentir fière que nous ayons choisi sa salle de classe pour y échafauder notre plan d'infiltration. Des évènements d'importance historique se déroulent sous ses yeux, et elle passe complètement à côté.

Aurait-elle grondé Abraham Lincoln[1] pour avoir rédigé la Déclaration d'Indépendance pendant l'exposé de Jason Kramer ?

Aurait-elle empêché Christophe Colomb de découvrir l'Antarctique si, par hasard, il l'avait fait dans sa salle de classe ?

Aurait-elle réprimandé Willy Wonka pour avoir inventé le bonbon inusable, juste parce que cela perturbait son cours ?

---

1. Ce n'est, bien sûr, pas Abraham Lincoln, mais Thomas Jefferson qui a rédigé le texte de la Déclaration d'indépendance des États-Unis. Rex a parfois tendance à tout mélanger. (NdlT)

Malheureusement, la réponse est probablement un oui catégorique à chacune de ces questions. Mme Yardley raffole des fractions mais n'a hélas aucun respect pour les grands exploits qui font l'histoire.

Je lâche un soupir et porte mon attention sur l'exposé insignifiant de Jason Kramer. Je ressens une pointe de jalousie momentanée envers Abraham Lincoln, Christophe Colomb et Willy Wonka. Eux n'ont jamais eu à affronter les difficultés contre lesquelles je dois me battre chaque jour.

31

– Enlève ton genou de mon nez, rouspète Darvish.

Passer trois heures coincé dans le fond d'un stand de glaces n'est jamais agréable. Ça l'est deux fois moins quand vous y êtes entassé avec votre meilleur ami, un poulet écrasé, un rhinocéros cramé, un gorille noyé, un requin vorace, un éléphant cubique et un panda frit.

Ça fait beaucoup de morts dans un très petit espace. Mais, comme c'est dans l'intérêt général, je souffre en silence.

– Tu peux t'estimer heureux, je rétorque à Darvish. Toi, au moins, tu n'as pas un gros genou de rhinocéros dans la figure.

– Fais gaffe à ce que tu dis quand tu parles de gros, me menace Croquette. Je tourne ma corne de dix centimètres vers la droite et tu marcheras avec les jambes arquées pendant les dix prochaines années.

– Ils sont ici, avec nous ? demande Darvish. Je ne sens pas leur présence.

– Je dois être le seul à avoir cette chance, je soupire.

– Pourquoi tu ne les fais pas attendre dehors ? Personne ne peut les voir ni les sentir à part toi.

C'est une remarque pertinente. Ç'aurait été sympa qu'il la fasse plus tôt. Mais le zoo est fermé depuis un moment, j'estime donc qu'il n'y a plus aucun risque à sortir de notre cachette. J'ouvre le loquet du stand, et nous tombons en vrac sur le sol, jambes, bras, pattes, trompe, corne, défenses et bec enchevêtrés.

J'essaie de me dégager de la mêlée, mais mon pied s'accroche dans l'enseigne du kiosque. La banderole s'arrache de son support et nous entortille dans sa toile.

Bravo pour la discrétion !

C'est alors que, au pire moment possible, nous parviennent des bruits de pas. Tout le monde se fige sur place.

– C’est le gnome-gardien ! souffle Darvish.

– Le Hobbit, je corrige. Les gnomes, c’est complètement différent.

Qu’il puisse s’embrouiller dans ses créatures mythologiques dans un moment aussi critique me dépasse.

– Comme tu veux ! chuchote-t-il. En tout cas, le voilà qui arrive ! Que personne ne bouge !

Nous nous pétrifions en un tas compact. Entre les arbres, je distingue l’ombre du gardien dodu qui trottine vers nous, torche électrique à la main.

Il dirige le faisceau de sa lampe sur l’enclos des rhinocéros, désormais interdit d’accès, et marque un temps d’arrêt. Puis il se retourne et avance vers nous.

Je peux voir le blanc de ses petits yeux gourmands braqués dans notre direction. Je soupçonne qu’il lorgne la possibilité de faire main basse sur des granités gratuits.

Soudain, des bruits de pas et des voix étouffées se font entendre derrière nous. J’aperçois le reflet d’autres lampes électriques, du côté du vivarium.

Nom d’un granité au kiwi-citron vert ! Encore des gardiens ! Dans la pénombre, je repère au moins quatre silhouettes ; les pinceaux lumineux de leurs torches balaient méthodiquement le sol. Le zoo a manifestement renforcé ses forces de sécurité.

Je sens la panique s'emparer de moi. C'est ça ou Darvish qui m'agrippe de toutes ses forces. En tout cas, c'est une horrible sensation d'impuissance.

Les gardiens convergent tous vers notre stand. Et nous voilà tels des cadeaux bien emballés attendant qu'un Père Noël sans barbe et ses lutins nous remettent aux autorités du zoo.

Nous voilà enroulés comme un étrange burrito de la Terre du Milieu livré à leur appétit hobbitesque.

Nous voilà emmaillotés comme un rouleau de sushi exotique condamné à se faire dévorer.

Ce n'est qu'une question de secondes avant que la lumière de leurs torches tombe directement sur notre pitoyable troupe.

CRASH !

Le vacarme a brisé le silence de la nuit. Aussitôt, je suppose que le bruit vient de mon cœur qui a explosé de terreur. Mais non. Quelque chose de bruyant et de métallique s'est fracassé à l'autre extrémité du zoo, du côté de l'entrée.

Les gardiens l'ont entendu, eux aussi. Leurs lampes de poche se détournent de nous pour se braquer dans la direction d'où est venu le bruit. Les vigiles nouvellement embauchés, qui voient là une occasion de prouver leur grande valeur, se précipitent, pleins d'ardeur, vers les portes du zoo, laissant mon ennemi juré rondouillard avaler la poussière derrière eux. Le petit bonhomme pousse un juron et part en se dandinant vers l'entrée du parc, aussi vite que ses courtes jambes peuvent le porter.

Nous restons immobiles.

Nous attendons.

Nous tendons l'oreille.

C'est alors que Nugget s'approche de moi et entreprend de tirer sur la banderole avec son bec pour essayer de me dépêtrer.

– D'où tu sors ? je lui demande. Je croyais que tu étais emberlificoté là-dedans avec nous.

– Je l'étais, glousse-t-il. Mais, quand les gardiens ont commencé à rappliquer, je me suis dit qu'il valait mieux me dégager de là et faire diversion.

Je suis presque sans voix.

– C'était toi ?

Il hoche la tête.

– La poubelle, précise-t-il.

Je n'en crois pas mes oreilles. C'est tout bonnement génial ! J'avais nettement sous-estimé l'intelligence des poulets.

– J'ai envie de t'embrasser ! je m'exclame.

– Une autre fois, répond-il. Il faut vous déballer avant que les gardiens reviennent.

Il a raison. Au bout de plusieurs minutes d'efforts – pendant lesquelles nous avons eu droit à un chapelet de jurons (le gorille en possède tout un répertoire) et pu voir le poulet courir dans tous les sens en hurlant « PATATES AU FOUR ! » (ne me demandez pas pourquoi ; manifestement, son étincelle de génie s'est éteinte) –, nous sommes enfin libres et prêts à passer à l'action.

– Quel est le plan ? demande Darvish.

– Kou Kou est la prochaine cible de Hautaine Snobinette, je lui rappelle. C'est donc chez les pandas que nous devons nous mettre en embuscade.

– Tu es sûr qu'il n'y a pas de caméra de surveillance ? s'inquiète Darvish.

– Tu rigoles ? S'ils engagent Hautaine Snobinette et sa bande de gangsters pour rénover les enclos, ça va coûter des millions au zoo. Ils doivent économiser leurs sous.

– J’espère que tu as raison. Sinon tout ton plan se casse la figure.

– Est-ce que je me suis déjà trompé ?

– Je ne répondrai pas à cette question.

Nous nous dirigeons vers le Pavillon d’Extrême-Orient. Le zoo paraît totalement désert. Aucune trace des gardiens. Dans la semi-obscurité, les décors naturels qui, dans la journée, semblent si gais et chaleureux, jettent des ombres effrayantes, comme des bras tendus pour nous attraper. De loin en loin, le grognement d’un animal en cage rompt le silence.

Lorsque nous parvenons à l’enclos de Kou Kou, un autre problème dresse son horrible tête. L’enclos se trouve à plus de sept mètres en contrebas de la barrière de sécurité. Impossible d’y accéder.

– Et maintenant, qu’est-ce qu’on fait ? s’enquiert Darvish.

– Il y a une porte pour les soigneurs là-bas, explique Mei Mei. Ils s’en servent pour nous donner à manger. C’est par là que l’assassin est passé.

– La porte doit être fermée, je suppose. Et on n’a pas la clé.

– Tu crois qu’on pourrait se laisser glisser le long

de ces bambous ? demande Darvish en pointant un doigt devant lui.

Une véritable forêt de bambous pousse dans l'enclos des pandas. Certaines cannes atteignent presque le haut de la clôture.

– Non ! Sûrement pas ! proteste Cacahouète. On risquerait d'attraper des échardes. Pas question que je descende par là. Pas pour toutes les cacahouètes de Chine !

– Moi non plus, approuve Croquette.

Je n'essaie pas de les convaincre. Cette plante n'est pas assez solide, ça saute aux yeux.

– Je ne pense pas que les tiges supporteraient notre poids, de toute façon, dis-je.

– PATATES AU FOUR ! s'écrie le poulet.

– Ça ne m'aide pas beaucoup, je lui fais remarquer.

– Mais si ! insiste-t-il. Suis-moi !

Nugget reprend le chemin par lequel nous sommes arrivés.

– Reste ici, j'ordonne à Darvish.

Et, allez savoir pourquoi, j'emboîte le pas au poulet. Son ingéniosité a beau ne s'être manifestée qu'une seule fois, j'ai malgré tout l'impression qu'il a plus d'un tour dans son sac de plumes raplapla.

Mais, lorsque finalement je le rattrape, il est juste planté là, le regard fixe.

– PATATES AU FOUR ! caquète-t-il de nouveau.

Je regarde à mon tour. Juste devant nous se dresse un stand de vente de pommes de terre cuites au four. Il ressemble beaucoup à celui où nous nous sommes cachés tout à l'heure, mais en beaucoup plus grand. Ce qui ne sert strictement à rien. Sauf qu'ensuite je l'examine de plus près.

– Je vois que mes réflexes foudroyants et ma présence d'esprit hors du commun commencent à déteindre sur toi, je déclare.

– Comme tu veux, répond le gallinacé.

Je cours rejoindre Darvish, traînant derrière moi une longue bande de toile jaune.

– Qu'est-ce que c'est ? s'étonne mon meilleur ami.

Je noue l'extrémité de la banderole au garde-fou et balance le reste dans l'enclos des pandas. La toile dégringole jusqu'au fond. En même temps que la bande de tissu longue d'une dizaine de mètres se déroule, elle révèle ce qu'il y a écrit dessus.

– PATATES AU FOUR ! beuglons-nous en chœur, Nugget et moi.

PATATES AU FOUR

32

Il suffit parfois de l'outil adéquat pour accomplir les plus grands exploits.

La loupe de Sherlock Holmes l'aidait à élucider ses crimes.

Le cerf-volant de Benjamin Franklin lui a permis d'inventer la foudre.

Le sac à dos chantant de Dora l'Exploratrice lui servait à distraire les petits enfants – de façon très agaçante d'ailleurs.

Dans mon cas, il se trouve que l'instrument approprié est une grande banderole annonçant la vente de pommes de terre au four. Et l'exploit consiste à pénétrer dans l'enclos d'un panda géant en voie de disparition.

Si jamais, un jour, vous devez vous laisser glisser le long d'une bannière publicitaire pour pommes de terre au four jusque dans l'enclos d'un panda, il y a trois choses qu'il faut savoir :

1. Descendre dans un enclos à pandas le long d'une banderole pour patates au four est une rigolade. Le premier imbécile venu en est capable.
2. Gravir une banderole pour patates au four afin de sortir d'un enclos à pandas n'est pas tout à fait aussi facile.
3. S'introduire dans l'enclos d'un panda sans aucun moyen d'en ressortir risque d'avoir pour conséquence de vous placer nez à nez avec un animal en colère.

Ce que Darvish et moi expérimentons en ce moment même.

Kou Kou est énorme. Il est massif. Il se sent seul. Et il a l'air très mécontent de nous trouver là.

– Et maintenant, Monsieur-J'improvise ? demande Darvish en se cramponnant à moi.

– Mei Mei ?

Je regarde autour de moi. Mais le panda, l'éléphant, le gorille et le rhinocéros ne sont nulle part. Même le poulet a disparu.

Super. Ça ressemble bien à un fantôme de mettre des cendres partout sur votre pouf préféré, de renverser du vernis à ongles sur votre oreiller, et ensuite de déguerpir quand les choses tournent mal.

– Gentil Kou Kou, je murmure en faisant marche arrière.

Pourvu que je ne prononce pas son nom de travers ! Il ne manquerait plus qu'un panda offensé pour aggraver la situation.

– Les pandas ne mangent pas les gens, hein ? demande Darvish, caché derrière moi. Je croyais qu'ils ne se nourrissaient que de plantes. Du bambou et des trucs comme ça.

– Je ne peux pas tout savoir, Darvish ! je bougonne en reculant toujours plus. C'est toi qui lis beaucoup, t'as oublié ?

En sentant un mur de cannes dans mon dos, je comprends que nous n'avons plus d'issue. C'est alors que quelque chose m'attrape le pied.

– AAAHHH !

Il convient de noter que mon hurlement n'est pas le cri terrifié d'un petit enfant perdu dans une forêt de bambous et attaqué par une créature noir et blanc venue d'Extrême-Orient. C'est simplement l'exclamation de surprise d'un homme courageux qui s'aperçoit que quelque chose a eu le culot de saisir son pied viril.

– AAAHHH ! glapit à son tour Darvish.

Son braillement à lui est celui du petit enfant perdu dont je parlais tout à l'heure. Il manque totalement de courage.

Je baisse les yeux et me rends compte que la main sur ma cheville n'est pas vraiment une main, mais une patte. Une patte noir et blanc. Recouverte de fourrure ébouriffée.

C'est Mei Mei. Croquette et les autres sont tapis dans les bambous derrière elle.

Elle désigne une sorte de fleur bizarre au milieu des broussailles.

– Une lanterne chinoise, dit-elle doucement.

– Ça ne suffira pas à lui remplir l'estomac ! je m'écrie. Il aura encore plein de place pour manger Darvish.

– Quoi ? s'affole mon comparse. Qui va me manger ?

Sans tenir compte de ma remarque, Mei Mei émerge des bambous et s'avance vers Kou Kou. Elle se met alors à faire quelque chose que je ne lui ai jamais vue faire auparavant.

Mei Mei rayonne.

Pas de sa lueur verdâtre habituelle. Elle brille d'une éclatante lumière dorée. Et le plus étrange, c'est que... Kou Kou semble la voir.

– Les gousses des lanternes chinoises sont des choses rares, chuchote-t-elle. Kou Kou et moi, nous n'en avons trouvé que deux jusqu'à présent. Donne-lui celle-là. Il sait que je suis ici, avec toi.

Cette histoire de pouvoir des fleurs me semble très hasardeuse. Mais je n'ai pas le choix. Alors, même si je ne doute pas une seconde que Darvish et moi allons servir de casse-croûte au panda, je ramasse l'étrange gousse. Toute ronde et moelleuse, elle a la taille d'un ballon de foot et pèse à peu près le même poids. Je la dépose aux pieds de Kou Kou, qui s'approche.

Le grand panda s'arrête. Il observe la fleur, puis se tourne vers Mei Mei. Une nouvelle expression se dessine sur sa figure.

Plus triste.

Plus mélancolique.

Il renifle la lanterne chinoise. La repousse doucement vers Mei Mei, comme une offrande. Puis, d'un pas lourd, il regagne lentement le fond de son enclos.

Je pousse un soupir de soulagement. C'est peut-être la première fois que je respire depuis plusieurs minutes.

Je regarde Darvish.

– Pourquoi tu n'avais pas pensé à ça, toi ?

33

Darvish n'a même pas le temps de trouver une réplique spirituelle. Car, brusquement, résonne un déclic métallique suivi d'un grincement en provenance du fond de l'enclos.

– Quelqu'un est en train d'ouvrir la cage, dit Mei Mei.

– Tout à fait, approuve Cacahouète en hochant la tête. C'est bien le crissement d'une porte de cage.

– Exact, intervient Croquette. Je me rappelle nettement ce bruit. Il me fait encore froid dans le dos.

– Tu trouves ça effrayant comme son ? lance Aquasinge. Ce n'est rien du tout ! Une fois, j'ai mangé sans le faire exprès tout un tas de champignons qui dégageaient des gaz fantômes. Chaque fois que j'allais aux toilettes, on aurait dit que mon derrière était hanté. *Ça*, c'était un bruit qui fichait la frousse !

Je me tourne vers Darvish.

– Quelqu'un est en train d'ouvrir la cage, je traduis pour lui.

– Comment tu le sais ?

– Il y a, comme ça, des choses que je devine. Ne mets pas en doute mon intuition.

Cacahouète se couvre la face de sa trompe.

– Oh, mon Dieu, chouine-t-il. J'espère qu'il n'y aura pas de cacahouètes, cette fois. Je ne suis plus moi-même dès que j'en vois.

Nous nous enfonçons parmi les bambous pour nous cacher, ce qui, soit dit en passant, n'est pas une mince affaire pour deux enfants, quatre gros mammifères, un requin et un poulet. Mais nous y arrivons.

Maintenant que mes yeux se sont accommodés à la pénombre, je remarque qu'il y a une porte dans le mur du fond, peinte de façon à se fondre dans la végétation. Elle est ouverte, et une lueur s'en échappe.

Le faisceau lumineux d'une torche électrique.

– C'est exactement comme ça que c'est arrivé, chuchote Mei Mei. Sauf que, la dernière fois, je suis sortie, et la personne m'attendait dehors.

– Alors, nous devons nous arranger pour que Kou Kou ne fasse pas comme toi, je décide.

– Je m'en occupe, répond-elle.

Et, de sa démarche traînante, elle part rejoindre le grand panda. Tandis que je la regarde s'éloigner, sa silhouette luisante se dissout en une sorte de brume. Le nuage doré flotte en direction de Kou Kou et s'enroule autour de sa tête. Le panda géant ferme les yeux et semble inhaler cette vapeur par les narines. Une expression paisible se peint sur sa face.

J'assiste à quelque chose d'exceptionnel.

J'assiste à quelque chose d'une importance capitale.

J'assiste à quelque chose de dégoûtant. Je ne me doutais pas que ces créatures pouvaient se transformer en une espèce de morve vaporeuse et se glisser dans les trous de nez. Encore heureux qu'aucun d'eux n'ait essayé de me le faire !

Mais je me rends vite compte que Kou Kou n'a pas l'intention de s'aventurer dehors. Ce qui signifie que Hautaine Snobinette va devoir venir le chercher à l'intérieur.

– On devrait lui tendre un piège pour la capturer dès qu'elle entrera, je chuchote à Darvish.

– Pas le temps, répond-il d'une voix tremblante. La voilà !

Il a raison. Une silhouette franchit le seuil de la porte.

La sinistre Hautaine Snobinette. Elle promène la sinistre lumière de la sinistre lampe électrique qu'elle tient dans sa sinistre main tout autour de l'enclos. Sur les murs. Le sol. Les bambous. Et finalement en plein sur ma figure.

Si jamais vous deviez vous cacher dans l'enclos d'un panda, ne comptez pas sur les bambous. Il se pourrait bien que les cannes soient trop minces pour vous dissimuler efficacement. Le sujet mériterait une étude plus approfondie.

Mais, à la lumière de la lampe, j'arrive à distinguer les traits de la criminelle. Et je remarque quelques détails qui ont leur importance :

Hautaine Snobinette est plus grande que je le pensais.

Elle est plus jeune aussi.

Elle a des yeux beaucoup plus ravissants.

Et elle ressemble furieusement à Talon Forgepré.

34

Je ne sais pas pourquoi, mais mes facultés de raisonnement m'ont lâché. Mon instinct m'a, inexplicablement, induit en erreur. Mon esprit, d'ordinaire si vif, s'est, contre toute attente, emmêlé les pinceaux.

Même si je n'en comprends pas la raison, je soupçonne que c'est la faute de Darvish.

– Hé ! s'exclame Talon Forgepré. Tu es le petit gamin que j'ai vu à la réunion de l'OUPLA ! Qu'est-ce que tu fais ici ?

Le petit gamin ? L'abjection de cet individu dépasse les bornes.

– C'est le crétin qui a ouvert ma cage, me souffle Aquasinge tout bas. Je reconnais le parfum de son après-rasage. Un mélange de bois de santal et d'autre chose.

– La mort, suggère Cacahouète.

– Ouaip, c'est ça ! confirme Croquctte. Bois de santal et repos éternel.

Darvish me saisit par le col de mon tee-shirt et me secoue.

– Je croyais que Mei Mei avait dit que c'était Hautaine Snobinette la coupable ! grince-t-il.

– J'ai été victime d'un faux témoignage, dis-je pour me justifier. Elle a montré du doigt la photo de Hautaine Snobinette.

– Talon Forgepré tenait la photo à ce moment-là ?

– Je ne me rappelle pas ! Toute réponse de ma part pourrait être retenue contre moi.

– Triple andouille ! siffle Darvish entre ses dents. C'est lui que Mei Mei désignait.

– Techniquement, ce n'est pas ma faute ! je souligne. Mei Mei a des pattes comme des maniques. Elle devrait être plus précise quand elle pointe ses grosses patoches en peluche.

Notre Rencontre des Génies est alors brutalement écourtée.

– Hé ! appelle Talon Forgepré.

Il fait cliqueter quelque chose dans sa main, et une gerbe d'étincelles bleues jaillit d'un pistolet à impulsion électrique.

– Qu'est-ce que vous faites ici ? répète-t-il.

Mais peu importe qu'il s'agisse de Hautaine Snobinette, de Talon Forgepré, ou de la reine d'Angleterre, d'ailleurs. Le coupable n'échappera pas à mon emprise insidieuse. Car je viens d'imaginer un plan machiavélique. Même Sa Royale Majesté se ferait entourlouper.

Ce plan, je lui ai donné un nom de code : « Jouer le Jeu ».

– Je suis venu t'aider, dis-je avec un grand sourire sinistre. À débarrasser le monde, une bonne fois pour toutes, de ces espèces menacées qui nous embêtent.

C'est un éclair de pur génie de ma part. Un plan de dimension héroïque inratable.

– Bien essayé, admet-il. Sors de ces bambous.

C'est raté. Ce que personne, et je dis bien personne, n'aurait pu prévoir. Ce Talon Forgepré est un esprit diabolique, plus malin que je voulais bien le reconnaître.

– Viens par ici, ordonne-t-il, son Taser pointé sur nous.

Darvish et moi émergeons des broussailles.

– Oh, je vois que tu as amené un petit camarade avec toi, remarque-t-il.

– Je ne suis pas si petit que ça, proteste Darvish.

– Ne le laisse pas entrer dans ta tête, je conseille à mon meilleur ami. C'est juste une manœuvre pour manipuler les faibles d'esprit. Ne succombe pas à ses ruses ni à ses yeux enjôleurs.

Talon Forgepré actionne son pistolet, qui projette une décharge électrique.

– Je suppose que vous êtes venus pour essayer de m'arrêter, sales petits écolos à la noix !

Darvish fourre les mains dans ses poches.

– Tu es Talon Forgepré, déclare-t-il.

Pauvre gosse ! Il en est réduit à énoncer des évidences.

– Exact, confirme Talon. Et alors ?

– Et tu es le président de l'OUPLA, continue Darvish. Est-ce que tu ne devrais pas te conduire comme le roi des écolos ?

– Oh, ça suffit ! peste Talon. Je me contrefiche des animaux. J'ai fondé l'OUPLA parce que c'est le genre de chose qui fait bonne impression dans un dossier d'inscription à l'université.

– Il a raison, convient mon meilleur ami. Les comités d'admission apprécient qu'on s'engage dans des actions communautaires.

– Créer l'OUPLA a été un jeu d'enfant, explique Talon. On n'a rien à faire. Il suffit d'être contre des trucs. Contre les pyjamas en peau de serpent. Contre l'utilisation des lapins dans les tests de sécurité automobile. Contre les épouvantails qui causent de graves traumatismes chez les pauvres corbeaux sans défense.

– En effet, ça n'a pas l'air difficile, convient Darvish. Le premier imbécile venu peut se dire contre quelque chose.

– Oui, sauf que personne ne voulait faire partie de mon organisation ! se lamente Talon, la mine renfrognée. Les universités s'en balancent que vous soyez le président d'une association sans adhérents !

– Alors, tu as décidé de passer à l'action, devine Darvish. En tuant le rhinocéros de Sumatra.

Il s'est mis à marcher de long en large, comme un lion en cage. Il s'échauffe. Il s'apprête à commettre l'erreur classique : tenter de dialoguer avec le méchant. Mais il est évident que les paroles sont inutiles dans la situation actuelle.

– Je ne voulais pas tuer cette bête, affirme Talon.

– Est-ce qu'il vient de me traiter de « bête » ? grogne Croquette. C'est la méchanceté à l'état pur, ce type ! Mais je dois avouer qu'il a beaucoup d'allure pour un humain.

– Ce sont ces yeux de saphir qui te font craquer, lui dis-je tout bas.

– Tu n'as pas tort.

Talon Forgepré lève avec dédain ses yeux saphir au ciel.

– J'ai essayé de libérer cet imbécile de rhino, pas de le supprimer, explique-t-il.

– Pourquoi vouloir le libérer ? demande Darvish.

– Je pensais que, si un animal d'une espèce menacée s'échappait, et si je le remettais dans son habitat naturel, les gens s'intéresseraient à l'OUPLA.

Boulette classique. Tout le monde sait que Morne-Cascade n'est pas l'environnement naturel des rhinocéros. On peut à peine qualifier cette ville d'habitat naturel humain.

– Oui, bien sûr, ironise Darvish. Tu voulais le délivrer en y mettant le feu. Logique !

– Ferme-la ! gronde Talon. J'espérais que les flammes le pousseraient à sortir de son enclos. Qu'il se sauverait. Mais l'incendie est, en quelque sorte, devenu incontrôlable.

En prononçant ces derniers mots, il avait même un peu l'air de s'excuser.

– « En quelque sorte » ? s'indigne Croquette. Non mais, regardez-moi ! Je ressemble à une briquette de charbon !

– Oh, je t'en prie ! intervient Aquasinge. Tu appelles ça des brûlures ? Ce n'est rien du tout ! Une fois, je suis mort dans un incendie de forêt, j'étais brûlé au troisième degré sur cent soixante-quinze pour cent de mon corps ! Je me suis ressuscité moi-même en me servant uniquement d'une grenouille-taureau et d'une anguille électrique. Et je me suis laissé pousser une nouvelle peau !

J'ai du mal à croire cette histoire. Enfin, franchement, où un gorille irait-il dénicher une anguille électrique ?

– Mais les gens ont commencé à s'engager dans l'OUPLA, reprend Darvish.

– Comme des fous ! confirme Talon. Ça a marché comme sur des roulettes. Va savoir pourquoi, tout le monde se soucie des rhinocéros en voie de disparition. Alors, je me suis rendu compte que j'avais une mine d'or entre les mains !

– Et comment ! j'interviens. Tu fais payer cinquante-neuf dollars et quatre-vingt-dix-neuf cents le droit d'être membre de ton association bidon !

Il me regarde comme s'il venait seulement de s'apercevoir de ma présence.

– Ça coûte cher, les études, je te signale ! C'étaient cinquante-neuf dollars quatre-vingt-dix-neuf qui allaient direct dans ma poche ! Du coup, j'ai voulu faire pareil avec le gorille. Mais cet abruti de singe ne s'est pas échappé. Il est allé se balader dans l'océanarium et il est tombé dans le bassin des requins.

– Ychatwaiterdabchutidesinche ! grognonne le requin.

– Je sais qu'il m'a traité d'abruti de singe ! ronchonne Aquasinge. Mes oreilles sont au moins un million de fois plus grandes que les tiennes !

– Alors, d'autres personnes ont voulu devenir membres de ton association, reprend Darvish. Et tu as gagné encore plus d'argent.

– Le nombre des adhésions a grimpé en flèche !

– Sauf que quelque chose a aussi mal tourné avec l'éléphant, poursuit Darvish.

– Je l'ai attiré avec des cacahouètes dans un gros camion. Un plan parfait. Mais il était déjà tard. J'avais besoin d'un café avant d'aller le relâcher dans la campagne. J'ai garé le camion dans une casse automobile pour que personne ne le trouve. Mais, quand je suis revenu avec mon café, le camion avait disparu.

– Excusez-moi, s'indigne Cacahouète, il peut répéter ça ? Il a dit « disparu » ? Pendant qu'il se commandait un chaï latte, le camion en question se faisait broyer et transformer en petit cube minuscule. Avec moi et mes cacahouètes à l'intérieur !

– Tu as assassiné trois animaux menacés ! je tonne.

– Quatre, Rexie, me rappelle Nugget. N'oublie pas le panda.

– Tu as assassiné quatre animaux menacés ! je tempête.

– Ce n'était pas ma faute ! clame Talon Forgepré. Je ne voulais pas qu'ils meurent. Même le panda n'aurait pas dû y rester. Je n'ai fait que le taser ! J'essayais juste de le maîtriser. Je ne me doutais pas que ça le tuerait ! Je n'y peux rien si ces bêtes sont aussi fragiles et délicates !

– Attends une minute ! lance Darvish. Comment t'as fait pour entrer de nuit dans le zoo ? L'OUPLA ne devrait pas y avoir accès, normalement !

Talon Forgepré éclate de rire.

– Malin, non ? dit-il. Je connais la fille du président du conseil d'administration. Elle fait partie de l'OUPLA. Cette petite idiote est raide dingue de moi. Elle ferait n'importe quoi pour me plaire. Y compris piquer les clés à son père.

Mon cœur s'effondre dans ma poitrine. Des gémissements de licornes en pleurs et d'arcs-en-ciel en larmes envahissent ma tête. Car cette canaille parle de Holly Creskin.

– Grâce à ces clés, tu pouvais entrer et sortir à ta guise, raisonne Darvish.

– Pourquoi croyez-vous que le président du conseil d'administration du zoo garde le silence sur toute cette affaire ? croasse Talon Forgepré. Parce qu'il sait que ses clés sont impliquées. Si on l'apprenait, il serait fichu !

Il s'avance d'un pas vers nous. Il n'a plus du tout l'air désolé. Pour la première fois, ses yeux bleus cristallins brillent d'un éclat dangereux.

– Alors... qu'est-ce que je vais faire de vous deux maintenant ?

35

Darvish est un grand parleur.

Il est là, les mains dans les poches, à jacasser avec Talon Forgepré comme si c'était leur premier rendez-vous.

– J'ai trouvé ! s'écrie soudain le président de l'OUPLA. Je vais vous ligoter ! Ensuite, je me filmerai en train de libérer ce pauvre panda sans défense de ses ignobles assassins !

– Quels assassins ? s'étonne Darvish.

– Vous ! beugle Talon Forgepré. Je dirai que j'étais venu pour défendre le panda.

– Tu ne peux pas faire ça ! s'insurge Darvish.

– Bien sûr que si ! Personne ne vous croira. Ce sera la parole de deux gamins contre celle du président de l'Organisation Unifiée pour la Protection et la Liberté des Animaux.

Voilà donc où nous ont conduits les bavardages de Darvish. Grâcc à mon meilleur ami, nous allons passer nos plus belles années à moisir en prison. En taule. Au placard.

Heureusement, je ne me contente pas de bavasser, moi. Je suis un homme de terrain et, en tant que tel, je prends conscience de quelque chose que Darvish est incapable de remarquer : discuter avec Talon Forgepré ne sert à rien. Les types comme lui ne comprennent que la force brutale.

L'autorité.

La contrainte.

L'action.

Les coups.

Sans oublier le gel coiffant et le dentifrice blanchissant. Et peut-être aussi les lentilles de contact colorées.

Hélas, Talon Forgepré est très grand. Cela me fait mal de l'admettre, mais, physiquement, il me dépasse d'au moins un kilomètre. En plus, il a un pistolet électrique, alors que je suis notablement désarmé.

Mais je possède quelque chose qu'il n'a pas.

Une intuition phénoménale.

Un don exceptionnel pour l'improvisation.

Une prodigieuse tendance au génie.

Des talents de ce genre sont inévitables quand on est très mûr pour son âge.

– Vous porterez le chapeau, grince Talon Forgepré. Et moi, je deviendrai un héros. Les universités vont adorer ! Ce sera parfait. Les choses se passent mieux que ce que je pensais, finalement. Je suis vraiment content que vous soyez venus !

Je le regarde droit dans les yeux.

– J'ai une meilleure idée, dis-je. Faisons une partie de balle au prisonnier.

Talon plisse les paupières.

– Qu'est-ce que t'as dit ?

Darvish cligne des yeux.

– Qu'est-ce que t'as dit ?

Je me baisse pour ramasser la lanterne chinoise. Darvish m'empoigne le bras.

– Mais qu'est-ce que tu fais ?

Mon regard reste rivé sur Talon, mais à la périphérie de mon champ de vision je vois que Croquette, Aquasinge et Cacahouète ont compris mon intention. Ils se mettent en mouvement. Même Nugget se place en position.

– Exactement ce que j'ai dit. Je vais jouer à la balle au prisonnier.

Talon fait de nouveau crépiter les étincelles de son pistolet à impulsion électrique.

– Ne tente rien de stupide, gamin. On n'est pas dans la cour de récréation.

Je lui épargne une de mes fameuses répliques spirituelles. Ce serait du gaspillage. À la place, je lance la gousse de la lanterne chinoise de toutes mes forces, droit vers le visage ridiculement séduisant de Talon Forgepré. Du moins, c'est ce que je m'efforce de viser.

En réalité, la fleur s'envole vers la gauche.

– HA ! s'esclaffe Talon Forgepré. Bien essayé, petit !

Mais le projectile rebondit sur le derrière cubique de Cacahouète.

Puis il traverse les airs et ricoche sur le bedon d'Aquasinge.

Il fuse ensuite vers la droite, heurte la tête de Croquette, repart dans l'autre sens...

Et percute Talon Forgepré en pleine tronche.

Surpris, le jeune homme recule en chancelant. Croquette incline son énorme corne en avant, saisit le pistolet électrique et l'envoie valser dans les airs. Cacahouète dévie l'arme d'un bon coup de son agile postérieur et l'expédie, comme un boomerang, directement entre mes mains.

– BANZAÏ !!!

Nugget décrit des huit entre les grandes jambes de l'ennemi, qui bascule en arrière et s'affaisse droit dans les pattes de Kou Kou, qui n'attendait que lui. Le panda l'enserre dans ses bras, doucement mais fermement, pour l'immobiliser.

J'actionne le Taser. L'air grésille d'étincelles électriques. J'entoure de mon bras les épaules de mon meilleur ami.

– Désolé d'avoir interrompu votre conversation, Darvish, mais je ne supportais plus votre blabla. Il était temps de passer à l'action.

Darvish sourit et sort une main de sa poche.

– Oh, mais je crois que cette discussion a tout de même été utile.

Il tient un objet dans sa main. Tout en longueur. Et mince.

Son stylo espion. Avec système d'enregistrement ultrasonique intégré.

Il a enregistré chaque parole pour la postérité numérique. Je suis très fier de lui. Il a énormément appris à force de me fréquenter.

– Tu sais quoi ? je demande, sous le coup d'une inspiration soudaine. Je commence à croire que Hautaine Snobinette n'a jamais été impliquée dans cette histoire.

Darvish se frappe le front de la paume. Visiblement, cette révélation ne lui avait jamais traversé l'esprit.

Pauvre Darvish ! Toujours deux trains de retard.

Talon Forgepré a beau se débattre entre les pattes de Kou Kou, il est évident qu'il n'arrivera à rien.

– Comment t'as fait ça ? beugle-t-il. C'était un coup impossible à réussir !

Je jette un coup d'œil à mes coéquipiers fantômes et souris.

– Que veux-tu, je suis doué pour la balle au prisonnier, je réponds. Une vraie malédiction !

36

Lorsque Darvish et moi retournons à l'école le lendemain, nous sommes accueillis par beaucoup moins de faste qu'il aurait convenu à nos courageuses prouesses.

Je constate une absence déplorable de défilé triomphal.

Un manque inquiétant d'applaudissements.

Un défaut irresponsable de ballons, de cotillons et de confettis.

Une fois de plus, mes actes de bravoure resteront méconnus.

Tout ce à quoi nous avons droit, c'est d'écouter Sami Fortépice lire son article d'actualité.

Et d'éprouver intérieurement la fierté du devoir accompli.

– « Les meurtres du zoo de Morne-Cascade résolus dans d'étranges circonstances, commence Sami. En arrivant tôt ce matin, le personnel du zoo a découvert un spectacle surprenant : Kou Kou, le panda, serrait doucement mais fermement un adolescent dans ses bras. Tout d'abord, les employés ont pensé que la victime était un visiteur tombé par mégarde dans la cage du panda. Cependant, une enquête plus approfondie a permis de révéler que la personne en question portait sur elle un trousseau de clés du zoo, mystérieusement disparu depuis quelque temps, ainsi qu'un appareil d'enregistrement contenant les aveux de sa culpabilité dans les meurtres de quatre représentants d'espèces menacées commis récemment au zoo. L'identité du malfaiteur a été établie : il s'agirait de Talon Forgepré, ancien président de l'OUPLA, l'Organisation Unifiée pour la Protection et la Liberté des Animaux.

« Les clés volées appartiennent à Timothy Creskin, président du conseil d'administration du parc zoologique. »

– Oh, ben ça alors ! s'écrie Edwin Willoughby. C'est le père de Holly !

L'air grave, je tourne mon regard vers la chaise vide de Holly Creskin. Il ne fait aucun doute qu'elle a préféré rester chez elle aujourd'hui. C'est une chouette fille, même si elle abuse du parfum et déteste les chiens. J'espère qu'elle ne souffre pas trop de la situation embarrassante et scandaleuse dans laquelle se retrouve son père.

– Edwin, s'il te plaît, n'interromps pas Sami dans sa lecture, demande Mme Yardley.

– Merci, madame, roucoule Sami Fortépice, avant de reprendre :

– « M. Creskin est interrogé sur ses liens possibles avec l'affaire, mais il ne semble pas qu'il soit impliqué dans les activités criminelles de M. Forgepré, qui, lui, encourt des poursuites pénales. »

Sami Fortépice regagne son pupitre.

– Salut, Rex, chuchote-t-elle en s'asseyant.

– Euh..., je réponds.

Classique.

Mme Yardley se lève.

– Beau travail, Sami. Quelqu'un d'autre a-t-il une nouvelle à nous faire partager ?

Si elle savait ! Si seulement elle avait la moindre idée de l'héroïsme dont a fait preuve un de ses élèves, tout juste rentré du champ d'honneur !

Mais, hélas, Mme Yardley ne se rend pas compte qu'un concert de félicitations serait approprié. Elle n'a pas le sentiment de vivre un moment solennel. Elle n'a pas conscience qu'il serait tout à fait indiqué d'organiser des célébrations, avec parade, acclamations et lâcher de ballons. Elle ne s'aperçoit pas que Darvish, oui, même Darvish, mériterait quelques cotillons pour lui tout seul.

Elle ne comprend que les exigences de son cours. Cours pendant lequel elle nous informe d'une nouvelle effarante, qui a pour effet de chasser tout l'air de mes ballons inexistants.

– Notre dernier exposé est attendu pour demain, annonce-t-elle. Le tien, Rex. Nous avons tous hâte de l'entendre.

Je ne sais pas trop si c'est un sourire mauvais qui flotte sur son visage ou s'il s'agit d'une illusion d'optique. En tout cas, mon estomac tombe comme une pierre dans mon ventre.

Car, dans la confusion ambiante, pendant que je sauvais Morne-Cascade des méfaits d'un tueur d'animaux au cerveau dérangé, j'ai complètement oublié l'exposé que je devais faire. Et, pour utiliser le jargon mathématique que Mme Yardley affectionne tant, j'ai effectué zéro dixième de mes recherches.

Je n'ai même pas de sujet.

Cependant, d'après mon expérience, il arrive souvent qu'une inspiration soudaine arrive sans qu'on s'y attende. Le travail de documentation est peut-être un mal nécessaire pour l'élève lambda, mais pour celui qui a *vécu* les évènements de l'actualité, les recherches ne sont qu'une supercherie inutile.

Je sors mon cahier et commence à écrire :

LA VÉRITÉ SUR LES MEURTRES DU ZOO DE

MORNE-CASCADE

PAR REX DEXTER

37

Mon exposé est un succès retentissant.

La modestie m'empêche de donner tous les détails, je vous dirai simplement que mon sujet est passionnant, ma présence sur scène, digne d'une star. Ma présentation bouleverse l'assemblée, qui oscille entre rires et larmes. Ma conclusion est avant-gardiste, avec une touche de charme sans prétention pour plaire au grand public.

Somme toute, c'est un triomphe inégalé.

Mais l'humilité m'interdit d'en dire plus, alors, n'insistez pas.

Sauf que ça mériterait carrément un A+++.

Maintenant, n'en parlons plus. Vous me gênez.

38

– C+ ? je m'indigne.
C'est un affront à la nature et une remise en cause du système éducatif de ce pays. Peut-être même de plusieurs pays.

– J'ai trouvé ça très bien, Rex, tente de me consoler Darvish, assis sur mon pouf, en train de grignoter des graines.

Je le fixe du regard.

– Par respect pour la note injuste que je viens de récolter, tu ne pourrais pas au moins manger des trucs normaux ? Des chips, peut-être ?

Le rhinocéros, le gorille, le requin, l'éléphant, le panda et le poulet sont rassemblés autour de moi comme un chœur de tragédie grecque antique. Eux seuls semblent percevoir l'injustice qui m'accable.

– Elle n'a pas aimé ? demande Aquasinge.

Je leur lis les commentaires de Mme Yardley sur mon devoir.

– Elle dit que j'ai défendu mon sujet avec assurance, mais que les faits eux-mêmes ne s'appuient sur aucun document public. Elle m'a donné un A pour la présentation et un D- pour la recherche.

Je relève les yeux sur eux, désemparé.

– Elle croit que j'ai tout inventé ! Elle ne supporte pas que je détienne des informations secrètes !

Darvish hausse les épaules.

– C'est peut-être mieux. Tu tiens vraiment à ce que tout le monde sache que tu parles avec des bêtes crevées ? Même à moi, cette histoire paraît complètement cinglée, et pourtant je la vis avec toi.

Évidemment, je n'ai pas mentionné dans mon exposé ma capacité à voir et à discuter avec des animaux décédés. Il n'empêche que la remarque de Darvish tient debout.

Mais cette note me reste tout de même en travers de la gorge. Elle heurte mon sens de la justice. Je suis condamné à faire la preuve de mon prodigieux sens des responsabilités, de ma maturité et de ma sagesse inouïes, sans jamais recevoir aucune reconnaissance. J'en demande peut-être trop.

Après tout, il y a encore des perles rares qui apprécient mes efforts. Je me tourne vers elles.

Cacahouète s'approche en balançant sa corpulence cubique. Il me caresse la joue avec sa trompe.

– Hé, ne t'en fais pas. La prochaine fois que je verrai une rangée de cacahouètes, j'y réfléchirai à deux fois avant de la suivre. Tu m'auras appris ça.

Mei Mei fait un pas vers moi, sa fourrure électrocutée au Taser hérissée dans tous les sens. Elle ne brille plus d'une lueur dorée, mais son regard me fait naître des frissons de chaleur dans la poitrine.

– Je te suis reconnaissante, Rex Dexter, dit-elle en me prenant dans ses pattes. Tu as sauvé Kou Kou. Tu as réparé une grande injustice. Tu es mon ami.

Aquasinge s'avance lentement, ses épais sourcils levés très haut.

– Une fois, j'ai vu une rainette tomber des dix-sept étages de la canopée, percuter dans les airs un écureuil volant et heurter plusieurs branches pointues dans sa chute. Je l'ai rattrapée à la dernière seconde, sauvant sa misérable vie.

Il me fait un grand sourire et conclut :

– Toi, tu as fait encore mieux que ça !

– Dans mon exposé ?

– Dans tout, répond-il en entourant mon cou de ses gros bras velus de gorille.

Le requin se racle ostensiblement la gorge. Le gorille hoche la tête, tend un bras derrière lui et détache le squale de son postérieur.

– Mon cher petit, commence le requin. Ç'a été un réel plaisir de faire ta connaissance. Puis-je, au nom de mes estimés collègues, t'exprimer toute notre gratitude ? Tu nous as rendu à tous un immense service, et nous te serons éternellement redevables d'avoir résolu le problème de chacun d'entre nous.

J'en reste bouche bée.

Aquasinge remet le requin à sa place, sur son arrière-train, où le squale s'accroche joyeusement.

– Personne d'autre n'est au courant de ce que tu as fait, affirme le gorille. Mais nous, nous le savons.

Le requin lui mordille les fesses – en guise d'acquiescement, je suppose.

Croquette me repousse doucement de sa corne cramée.

– Waouh, fait-elle. Waouh !

– Quoi ? je demande.

Elle renifle.

– Tu vas drôlement me manquer, explique-t-elle en me serrant chaleureusement dans ses grosses pattes de rhinocéros. Tu as accompli quelque chose de bien, ajoute-t-elle dans un murmure.

Je ravale un sanglot. Alors que je m'abandonne à l'étreinte rassurante de Croquette, une pensée me vient : eux aussi, ils vont me manquer.

– T'aurais pas un soda ? demande Darvish. Avec toutes ces graines, je suis hyper constipé.

Je lui lance un regard noir.

– Si ça ne te dérange pas, on est en train de vivre un moment solennel, là.

– Et comment je suis supposé le savoir ? Je ne les vois pas, je te rappelle !

Il baisse la tête et retourne à ses graines.

La vie reprend son cours normal.

Mais voilà que mes amis défunts disparaissent. Ils se transforment peu à peu en brouillard sous mes yeux. Je sens un nœud se former dans ma gorge. Curieusement, je sais que je ne les reverrai pas.

– Merci, Rex, murmure Croquette.

Ils sont partis.

Je m'assois, prends une inspiration tremblotante et m'essuie les yeux. Une tristesse douce-amère m'envahit. Et avec elle, un sentiment de paix.

– Ah, tu as fini avec ton moment spécial ? me demande Darvish d'un ton sarcastique. Je peux avoir un soda maintenant ?

– Oooh ! Un soda ! se réjouit Nugget. Moi aussi ?

Eh oui, il est toujours là. À croire que ce poulet n'a pas de meilleur endroit où aller.

J'en suis heureux.

Je leur lance un sourire.

– D'accord, dis-je. Vous méritez bien un soda tous les deux.

– Enfin ! approuve Darvish. Il serait temps qu'on me montre un peu de reconnaissance !

– Mais soyons clair. Un bon comparse doit éviter les boissons artificiellement sucrées. Ton taux de glycémie risquerait de chuter au moment où j'aurais le plus besoin de toi.

– Combien de fois il faut que je te le répète ? Je ne suis pas ton comparse !

– Ce n'est pas à toi que je parlais.

Je m'approche de Nugget pour lui donner un check compliqué en quatorze étapes.

Je vous l'apprendrais bien, mais c'est un secret. Juste entre lui et moi, les deuxièmes meilleurs potes.

39

Je savais que ce ne serait qu'une question de temps avant que mes parents me demandent quelle note j'ai obtenue pour mon exposé. Le lendemain du départ de mes petits camarades pour l'éternité, mon destin me rattrape.

Je leur tends le papier.

– C+ ? lit ma mère. Hum !

– Ce n'est pas super, ajoute mon père. Mais ce n'est pas catastrophique non plus. Mieux que ton dernier contrôle de biologie, en tout cas.

– Mme Yardley remarque que tu as fait preuve d'assurance dans ta présentation orale, concède ma mère.

– C'est vraiment bien, approuve mon père.

– Cette femme m'en veut, j'explique. Techniquement, ce n'est pas ma...

Je m'interromps, regarde la feuille de papier, puis de nouveau mes parents.

– Pour être honnête, j'aurais pu effectuer plus de recherches.

Ils échangent un coup d'œil, comme s'ils étaient sur le point de fondre en larmes. Ce qui me déroute un peu. Je n'arrive pas à savoir s'ils sont contents ou fâchés.

– Voilà une façon très adulte d'envisager les choses, remarque ma mère.

– Je suis d'accord, acquiesce mon père. Très responsable. Continue comme ça, et il se pourrait bien que tu aies ce chien dont tu rêves plus tôt que tu le penses.

Je récolte un C+ pour mon exposé, et ils sont prêts à me donner un chien !

Classique.

Que mes parents soient éclairés ou pas, leur raisonnement ne tient pas debout. Mais il y a longtemps que j'ai renoncé à tenter de comprendre leurs mystères.

– Ça peut attendre pour le chien, dis-je. Vous jugerez vous-mêmes quand ce sera le moment.

Ils en restent médusés. Sans voix.

En fait, pour dire toute la vérité, je ne suis plus pressé d'avoir un labrador chocolat.

Enfin, je veux dire, je viens de passer deux semaines en compagnie d'un rhinocéros grillé, d'un éléphant compacté, d'un gorille noyé, d'un requin vorace et d'un panda électrocuté, alors, après ça, un chien tout bête paraît plutôt ennuyeux.

Seulement, mes parents ont l'air d'attacher une importance énorme à ma déclaration. Une signification qui semble les conduire au bord des larmes. Car on dirait que mon père a quelque chose dans l'œil ; quant à ma mère, elle a le regard embué et se met à marmonner quelque chose à propos des garçons qui « grandissent trop vite ! ».

Les adultes sont vraiment bizarres.

40

Et voilà.

Je vous avais dit que vous ne me croiriez sans doute pas. Pourtant, tout est vrai.

Mais, que vous acceptiez ou non cette histoire comme véridique, permettez-moi de partager avec vous, en guise d'adieu, quelques réflexions issues de mes expériences terrestres et surnaturelles :

Si un jour vous venez à Morne-Cascade et que vous décidiez d'aller faire un tour à Planètanimo, il se peut que vous tombiez sur un ancien jeu de fête foraine déglingué, appelé « La Malédiction de la Grande Faucheuse ». Il ne marche plus.

Mais si, par miracle, vous réussissez à le mettre en route (il paraît que faire pipi sur le câble électrique donne parfois de bons résultats), le squelette à l'intérieur vous mettra sûrement au défi d'accepter un pari. Si vous perdez, vous subirez sa malédiction.

Deux faits méritent d'être notés :

1. La Malédiction de la Grande Faucheuse, ça craint grave.
2. Mais... d'un autre côté... non.

Oh, et tant qu'à faire... évitez carrément Morne-Cascade, si vous le pouvez. Cette ville est à mourir d'ennui. Enfin, elle l'était avant. J'avoue que, depuis quelque temps, les choses commencent à devenir plus intéressantes.

Maintenant, si vous voulez bien m'excuser, je dois bientôt partir. Sami Fortépice et sa mère vont venir me chercher d'une minute à l'autre.

Oh, j'ai oublié de vous en parler ? C'est ce soir qu'a lieu le Bal Enchanté. Ma mère m'a trouvé un bouquet de corsage turquoise. Il se trouve que « bouquet de corsage » n'est qu'une façon chic de dire « fleur ». Qui s'en serait douté ? Ma mère, visiblement. Je suppose que j'aurais pu regarder dans le dictionnaire. Mais j'avais autre chose en tête.

Le zoo est fermé. Talon Forgepré va être mis en examen et le conseil d'administration du zoo faire l'objet d'une enquête. Il semble presque futile d'aller à une soirée dansante alors que je viens tout juste de livrer de terribles combats contre le mal. Mais je mérite bien une soirée d'enchantement. J'ai gagné le droit à la paix et à la détente.

Il n'y a qu'un problème : je ne me sens pas du tout enchanté. Ni paisible. Ni détendu.

J'ai l'impression que je vais vomir.

Maintenant que le moment fatidique est arrivé, il me vient à l'esprit qu'il y a une chose plus stressante encore que de faire face à six fantômes d'animaux trépassés. Et c'est d'affronter Sami Fortépice en robe de bal turquoise. Je ne sais pas ce qui m'a pris d'accepter de subir une telle épreuve !

Darvish n'ira pas à la fête. Mon meilleur ami est un trouillard. Ou un futé. Je n'ai pas encore décidé lequel des deux.

Mais, bon, je me suis sorti de situations vraiment préoccupantes au cours des deux dernières semaines, je survivrai bien à une soirée de réjouissances dans le gymnase de l'école.

Et puis, après, j'ai des trucs à faire.

Des trucs sérieux.

Des trucs importants.

Des trucs d'une portée réellement considérable.

Car, à en croire mon poulet mort, il y a un narval décédé qui m'attend sur mon pouf.

Et il a probablement besoin de mon aide.

Remerciements

Même si c'est mon nom qui figure sur la couverture, ce livre n'est pas seulement le mien. Il y a tout un tas de gens responsables de l'histoire que vous avez entre les mains. Personnellement, je dirais que c'est leur faute.

J'ai listé ci-dessous quelques-uns des principaux coupables. Si vous avez aimé quelque chose dans ce récit, n'importe quoi qui vous aurait fait rire, qui vous aurait permis d'échapper à la monotonie de votre quotidien, maintenant vous savez qui remercier.

Il n'y a pas de quoi.

Eux, ils m'ont vraiment aidé. Toute la bande.

– Jodi Reamer, mon agente, mon amie, et ma Darvish personnelle. Ou peut-être est-ce moi son Darvish. Ou alors l'un de nous deux est le poulet. Quoi qu'il en soit, je suis super reconnaissant de l'avoir de mon côté.

– Tracey Keevan, éditrice hors du commun, qui a cru à cette histoire farfelue, s'est battue pour lui permettre de voir le jour, lui a insufflé une nouvelle vie et m'en a commandé deux autres semblables.

– Jamie Alloy, Melissa Lee, Esther Cajahuaringa, Christine Collins et toute une équipe de personnes bien vivantes et talentueuses de chez Disney Hyperion, qui ont conçu, commercialisé ce livre et, de manière générale, l'ont rendu bien plus cool que ce que j'aurais jamais pu faire.

– Hugo Cuellar, pour ses illustrations merveilleusement cocasses.

– Mon père, peut-être mon plus grand fan, qui est personnellement responsable d'avoir accosté une foule d'inconnus dans la rue pour leur parler de mes livres.

– Shelly, Reese et Ethan. Ma bande. Mon équipe. Ma raison d'écrire. Ma source d'inspiration. Si j'étais un gorille mort avec un requin suspendu aux fesses et que je puisse choisir qui je veux hanter, ce serait vous trois, sans aucun doute.

– Et, enfin, tous ces formidables bibliothécaires scolaires que je rencontre régulièrement. Merci d'avoir mis mes livres entre les mains des enfants. C'est un plaisir immense de m'associer à vous dans cette mission : leur faire aimer la lecture.

Retrouve la suite des aventures de

REX DEXTER

et les drôles de fantômes

dans le tome 2* !

* À paraître en juin 2022

Cet ouvrage a été mis en pages
par DV Arts Graphiques à La Rochelle

Imprimé par GRAFICA VENETA.
en août 2021
pour le compte des Éditions Bayard

Imprimé en Italie